AF740962

www.ingramcontent.com/pod-product-compliance
Lightning Source LLC
LaVergne TN
LVHW050432061026
849532LV00014B/2932
9789369087341

عشق کی آگ

(ناولٹ)

الیاس سیتاپوری

© Ilyas Sitapuri

Ishq ki Aag *(Novelette)*

by: Ilyas Sitapuri

Edition: February '2025

Publisher :

Taemeer Publications LLC (Michigan, USA / Hyderabad, India)

ISBN 978-93-6908-734-1

9 789369 087341

کتاب : **عشق کی آگ** (ناولٹ)

مصنف : **الیاس سیتاپوری**

صنف : تاریخی فکشن

ناشر : تعمیر پبلی کیشنز (حیدرآباد، انڈیا)

سالِ اشاعت : ۲۰۲۵ء

صفحات : ۷۴

سرورق ڈیزائن : تعمیر ویب ڈیزائن

آیئے قرطبہ چلیں۔ جہاں کبھی مسلمانوں کے اقبال کا شاندار سورج طلوع ہوا تھا۔ وادیٔ کبیر میں جنم لینے والی یہ داستان دو گھروں سے شروع ہوئی۔ اس دور میں مذہبی معتقدات اور جذبات انسانی دل و دماغ پر حکومت کرتے تھے۔ اور انسان ان سے ہٹ کر سوچنا بھی گناہ سمجھتا تھا۔ ایک معزز شخص اپنے خاندان اور خود اپنے لیے ایک فیصلہ کرتا ہے۔ ایک ایسا فیصلہ جو عمل کے بعد دردِ سر بن گیا۔ کرداروں کی کشمکش، ان کی الجھنیں، ان کی پیچیدگیاں اور ان کے قول و فعل کی اونچ نیچ نے کسی کو کرب بخشا، کسی کو اذیت دی۔ کسی کو گھٹن سے دوچار کر دیا اور جب یہ کہانی قرطبہ کے پڑوسی شہر علاقہ میں داخل ہوئی تو عشق و محبت کی ایک نادرۂ روزگار داستان بن گئی۔ بل کھاتی لہراتی ندی کی طرح، کرداروں کے سینوں میں عشق و محبت کی آگ دھیمی دھیمی جلنے لگی۔ اس عشق کی آگ میں، جس کے لیے رسولِ مقبولؐ نے فرمایا تھا کہ، عشق کی آگ میں اللہ کے سوا سب کچھ جل جاتا ہے۔

دیکھیے اس آگ میں کیا کچھ جل گیا؟

سعید کو اپنے خاندان کی عظمت اور بڑائی کا بڑا احساس تھا۔ اس کا تعلق سعد بن عبادہ کے خاندان سے تھا اور یہ سعد بن عبادہؓ وہی صحابی تھے، جو رسول اللہؐ کے زمانے میں مدینے کے انصاروں کے سردار تھے۔ جب رسول اللہؐ اپنے دس ہزار جیش کے ساتھ فاتح کی حیثیت سے مکہ معظمہ میں داخل ہو رہے تھے، تو اس وقت انصار دستے کی قیادت سعدؓ بن عبادہ ہی کو سونپی گئی تھی اور یہی سعدؓ بن عبادہ تھے جنھیں رسول اللہؐ کے وصال کے بعد انصار نے حضرت ابوبکر صدیقؓ کے مقابلے میں اپنا خلیفہ نامزد کیا تھا۔ لیکن جب انصار اور مہاجرین نے متفقہ طور پر حضرت ابوبکر صدیقؓ کو اپنا خلیفہ منتخب کر لیا تو سعدؓ بن عبادہ نے مدینے کو چھوڑ دیا اور مفقود الخبر ہو گئے۔

پھر شوال ۹۲ھ اور جمادی الاوّل ۹۳ھ (جولائی ۷۱۱ اور اپریل ۷۱۲) کے درمیان مشہور جرنیل طارق بن زیادہ نے سرزمین اندلس میں اپنے فاتحانہ قدم رکھے دیے تو عرب قبائل نے اندلس کی طرف مراجعت اختیار کر لی۔ ان میں سعد بن عبادہؓ کا خاندان بھی تھا۔ اندلس کی سرسبز چراگاہوں، حسین باغات، خوش ذائقہ پھلوں دلکش کوہساروں، گنگناتے چشموں اور بل کھاتے خاموش دریاؤں نے ان کے دلوں کو موہ لیا اور یہ ہمیشہ کے لیے اندلس ہی کے ہو کر رہ گئے۔ نئے قصبے آباد ہوئے اور جدید شہروں کی بنیادیں پڑ گئیں۔ ان شہروں کو اپنے مذاق اور سلیقے سے آباد کیا گیا۔ کچھ قبائل بلنسیہ میں بس گئے کچھ نے اشبیلیہ کو پسند کیا۔ انہی میں مرسیہ، رندہ، غرناطہ اور قرطبہ بھی شامل تھے۔ سعید کا خاندان قرطبہ میں بس گیا۔ قرطبہ، جسے اندلس والے کوردوبہ [illegible] کہتے تھے

اپنے معنی کے اعتبار سے یہ اپنے ساکنوں کا صلہ کہلاتا تھا۔ عرب قبائل کو یہ صلہ بہت پسند آیا۔ اور اس شہر نے انھیں فرش سے عرش تک پہنچا دیا۔ لیکن عربوں نے بھی اپنا حق ادا کر دیا، اور قرطبہ کو دلھن کی طرح سجا ڈالا انھوں نے یہاں شاندار محل تعمیر کیے، باغات لگائے، نہریں نکالیں۔ دریائے کبیر اور اس کے معاون دریاؤں سے نہریں نکال کر یہاں کی زمین کو سیراب اور باغات کو شاداب کیا۔ ایک طرف دریائے شنیل تھا تو دوسری طرف دریائے شوش۔ تیسری طرف بمبیذر، دریائے گزنہ، دریائے ماتو اور دریائے آنہ تھے۔ جب نو وارد ان عرب اندلس کی زمینوں پر اپنے گھوڑے دوڑاتے تو انھیں بڑا مزہ آتا۔ یہاں عرب ریگزاروں کی رکاوٹیں ان کے قدم نہیں پکڑتی تھیں۔ سعید نے کئی سال پہلے حج پر جاتے ہوئے عرب کے ریگزار دیکھے تھے۔ اور وہ اسی وقت سے اندلس کی قدر و قیمت سے آگاہ ہو گیا تھا۔ اس نے سوچا، عرب حج اور مقامات مقدسہ کی زیارت کے لیے تو بہترین ملک ہو سکتا ہے مگر رہائش کے لیے نہیں۔ اندلس نے اسے اور اس کے خاندان کو بہت کچھ دیا تھا۔ شہرت، عزت، دولت اور طمانیت۔ اس کا دادا اشبیلیہ کا قاضی تھا۔ باپ نے مرسیہ میں قاضی القضاۃ (چیف جسٹس) کا منصب سنبھال رکھا تھا۔ خود سعید کو اموی حکمراں ہشام کے عہد میں اس کے وزیر منصور ابن ابی عامر نے قاضی کا منصب پیش کیا تھا۔ قاضی سعید کے لیے یہ بہت بڑا منصب تھا اور وہ اس سلسلے میں منصور ابن ابی عامر کا بے حد شکر گزار تھا۔

قاضی سعید نے شادی سے پہلے جس لڑکی سے عشق کیا تھا۔ وہ بہت بیدار مغز اور بلا کی ذہین تھی۔ قاضی سعید اس سے نیازمندانہ پیش آتا۔ اس کی بیوی نے شادی سے پہلے قاضی سعید سے قرآن پاک بیچ میں رکھ کر وہ وعدہ لیا تھا کہ وہ اپنی اس بیوی کی موجودگی میں دوسری شادی نہیں کرے گا۔ اس نے اپنے اس عہد کو کئی سال نبھایا پھر تکان سی محسوس کرنے لگا اور اسے دوسری عورت کی ضرورت محسوس ہونے لگی۔

شام کو جب وہ ہوا خوری کی غرض سے گھر سے باہر نکلتا تو دو خدمت گار اس کے دائیں بائیں پیدل چلتے کوہستان کے سرے پر ایک گرجا گھر سر اٹھائے کھڑا تھا لیکن اونچے اونچے درختوں نے اسے چھپا رکھا تھا۔ گرجا کا مینارہ جس پر پیتل کی صلیب نصب تھی، دور سے نظر آتا تھا۔ سعید نے صلیب کو دیکھا تو دل ہی دل میں اپنے رب کا شکر ادا کیا جس نے اہل تثلیث پر مسلمانوں کو حکومت اور فضیلت بخشی تھی۔

سعید غیر ارادی طور پر خود بخود گرجے کی طرف بڑھتا چلا گیا گرجے کے چاروں طرف ایک شاندار احاطے کی دیواریں تھیں۔ اور ان دیواروں کے اندر گرجے اور دیواروں کے درمیان اونچے اونچے درخت سر اٹھائے کھڑے تھے۔ سعید گرجے کی چوحدی کے صدر دروازے پر گھوڑا روک کر کھڑا ہو گیا۔ اس کے خدمت گار اس کے آس پاس کھڑے ہو گئے۔ وہ دونوں حیران تھے کہ ان کا آقا گرجے کے سامنے کیوں کھڑا ہو گیا۔

گرجے کی چوحدی میں مرد اور عورتیں ادھر ادھر آجا رہے تھے اور کہیں درختوں کے سایے میں نوجوان

لڑکے اور لڑکیاں مسکرا مسکرا کر باتوں میں مشغول تھے۔ سعید کو لمحہ بھر کے لیے مسجدوں کو خیال آگیا۔ اس نے سوچا، کاش مسجدوں میں بھی عورتوں اور لڑکیوں کو آنے اور نمازیں پڑھنے کی اجازت دے دی جاتی تو کتنا مزہ آتا۔

نوجوان لڑکوں اور لڑکیوں نے قاضی سعید کو گرجے کے دروازے پر کھڑا دیکھا تو مسکرانے لگے قاضی سعید کو ان کی یہ حرکت بہت بری لگی، مگر وہ ان کا کیا کر سکتا تھا۔

قاضی سعید کو گھورتے دیکھ کر ایک بوڑھا شخص باہر نکلا اور پوچھا "محترم قاضی! آپ کس سے ملنا چاہتے ہیں؟"

قاضی سعید نے جواب دیا "نہیں میں کسی سے بھی ملنا نہیں چاہتا۔ بلکہ میں گرجے کو اندر سے دیکھنا چاہتا ہوں۔"

بوڑھے شخص نے کہا "تب پھر اندر تشریف لائیے۔ یہ تکلف کیوں؟"

قاضی سعید نے گھوڑے کو دونوں خدمت گاروں کے حوالے کیا اور بڑے میاں کے ساتھ اندر چلا گیا۔ لڑکیوں اور لڑکوں نے ایک مسلمان کو اندر آتے دیکھا تو پریشان ہو گئے۔

بوڑھا شخص قاضی سعید کو گرجے کی سیڑھیوں تک لے گیا، اور پوچھا "جناب والا! بس یا گرجے کے اندر بھی دیکھنا چاہتے ہیں؟"

قاضی سعید کو جیسے کسی کی تلاش تھی، جواب دیا۔ "ہاں میں اندر بھی دیکھنا چاہتا ہوں اور اس کے بعد باہر بھی گرجے کے چاروں طرف گھوم پھر کر۔"

بوڑھا مسیحی بھی سمجھ چکا تھا کہ قاضی سعید کی نظریں کسی کو تلاش کر رہی ہیں وہ قاضی کو گرجے کے اندر لے گیا وہاں دو حسین لڑکیاں کتاب الدعا پڑھ رہی تھیں۔ اور قربان گاہ کے قریب کی دیوار پر حضرت مسیح کو مریم کی گود میں دکھایا گیا تھا۔

قاضی سعید کی مذہبی رگ حمیت پھڑکی، بولا "محترم بزرگ: خدا آپ کو ہدایت دے۔ اس تصویر میں یہ عورت کون ہے، اور اس بچے کا نام کیا ہے؟"

معمر مسیحی نے ناگواری سے منہ بنایا مگر نہایت نرم لہجے میں جواب دیا "آپ کی دعا مہمل ہے۔ اگر خدا نے مجھے ہدایت نہ دی ہوتی تو آج میں مسیحی نہ ہوتا۔ یہ دعا تو آپ کو اپنے لیے مانگنی چاہیے تھی۔" بوڑھا مسیحی اپنے جواب کا ردعمل دیکھنے کے لیے خاموش ہو گیا۔ قاضی سعید نے بھی برداشت سے کام لیا، آخر مسیحی نے قاضی کے سوال کے دوسرے حصے کا جواب دیا "تصویر کی عورت خداوند مسیح کی مادر محترم مریم اور بچہ مسیح ہیں۔"

قاضی سعید نے پیشانی پر شکنیں ڈال لیں "تو یہ تو نبیوں اور ان کی ماؤں کی فرضی شبیہیں بنانا حرام ہے اگر تو یہ چاہتا ہے کہ خدا تجھ سے راضی رہے اور جنت میں اپنا گھر بنائے تو ان تصاویر کو مٹا دے اور

مسلمان ہو جا۔"

مسیحی نے بے دلی سے جواب دیا۔" آپ کے مشوروں کا شکریہ آپ یہاں اور کیا دیکھنا پسند کریں گے؟"

قاضی سعید گرجے سے باہر آگیا۔ اور اس کے عقب میں چلا گیا۔ وہ بالکل خاموش تھا، بوڑھا مسیحی جوں جوں وقت گزر رہا تھا پریشان ہو رہا تھا۔ اس کو خطرہ محسوس ہو رہا تھا کہ کہیں قاضی کو گرجے کا محل وقوع پسند تو نہیں آگیا ہو واپس جاکے اس کی خریداری کی بات شروع کر دے اور پھر گرجے کو گرا کر اس پر مسجد تعمیر کر دی جائے۔ اس نے قاضی کو گرجے سے باہر لے جانے کی کوشش کی۔" قاضی محترم! اگر مجھے یہ معلوم ہو جائے کہ آپ چاہتے کیا ہیں تو شاید میں آپ کی خاطر خواہ مدد کر سکوں لیکن اس سے پہلے میں آپ کو اپنے گھر لے جاؤں گا اور آپ کی شایان شان خاطر مدارات کروں گا۔"

قاضی سعید نے نارنگی کے درختوں کے سائے میں داخل ہوتے ہوئے کہا۔" مجھے جس کی تلاش تھی میں نے اسے پا لیا ہے۔"

بوڑھے مسیحی نے ایک بیس بائیس سالہ خوبصورت عورت کو پانچ چھ سالہ بچے کے ساتھ بیٹھا ہوا دیکھا۔ عورت قاضی سعید کو اپنی طرف آتے دیکھ کر کھڑی ہو گئی۔

قاضی سعید نے پوچھا۔" خاتون! تجھے انتظار کی زحمت موت کے مزے سے دوچار کر رہی ہوگی۔"

عورت نے بوڑھے مسیحی کو دیکھ کر اپنا سر جھکا لیا، بولی۔" میں تھوڑی دیر پہلے یہاں پہنچی ہوں۔"

بوڑھے مسیحی معاملات کو سمجھنے کی کوشش کر رہا تھا، لیکن قاضی سعید نے اس کا موقع ہی نہیں دیا، بولا۔" یہاں سے تیرا گھر کتنی دور ہے، وہیں چلتے ہیں۔" پھر بوڑھے مسیحی سے کہا۔" اب تو جا سکتا ہے، تیری رہنمائی اور مہربانی کا شکریہ۔"

بوڑھا مسیحی اس بات سے خوش تھا کہ اس کا گرجا مسجد بننے سے بال بال بچ گیا۔

قاضی سعید نے عورت اور بچے کو ساتھ لیا اور گرجے سے باہر نکل گیا۔ گرجے کے نوجوان اور لڑکیاں ان دونوں کو پر تجسس نظروں سے دیکھ رہے تھے۔ بوڑھا مسیحی نارنگیوں کے جھنڈ کے باہر کھڑا ان دونوں کو سوالیہ نظروں سے گھور رہا تھا۔

باہر نکل کر قاضی سعید نے اس عورت سے ایک بار پھر پوچھا۔" یہاں سے تیرا گھر کتنی دور ہے؟"

عورت نے جواب دیا۔" چوتھائی فرسخ سے بھی کچھ کم، وادی الکبیر (دریائے کبیر) کے قریب، جہاں پن چکیاں لگی ہوئی ہیں اور جو یہاں کے قدیم شہریوں کا محلہ کہلاتا ہے۔"

قاضی سعید اس محلے سے اچھی طرح واقف تھا۔ اس محلے کو مسلمان ربض المدینۃ العتیقہ (قدیم شہریوں کا محلہ) کہتے تھے۔

گھوڑا ایک تھا اور سواریاں دو۔ جن کے ساتھ ایک پانچ چھ سالہ بچہ بھی تھا۔ قاضی سعید نے پوچھا

"یہاں کس طرح آئی تھی؟"

عورت نے جواب دیا "کرائے کے گدھے پر۔"

قاضی نے اپنے خدمت گاروں کو حکم دیا۔ کہ وہ کہیں سے کرائے کا گدھا لے آئیں۔ جب یہ دونوں چلے گئے تو قاضی نے عورت کو سمجھایا "تم نے اپنا کیا نام بتایا تھا، شاید ازابلا۔ میرے یہ دونوں خدمت گار کچھ زیادہ قابل اعتبار نہیں ہیں۔ میں انہیں انعام واکرام سے اپنا ہمنوا بنالوں گا لیکن تجھ کو ان دونوں کے سامنے بہت محتاط رہنا ہوگا۔"

عورت نے جواب دیا "میں زیادہ باتیں نہیں کرتی۔"

دونوں اسی وقت کرائے کا گدھا لے آئے۔ قاضی نے عورت اور اس کے بچے کو گدھے پر بٹھایا اور خود اپنے گھوڑے پر سوار ہوگیا۔ خدمت گاروں سے کہا "اب تم دونوں اس خاتون کے پیچھے پیچھے چلو۔"

گدھے کے ادھیڑ عمر مالک نے گدھے کے گلے میں بندھی ہوئی رسی پکڑ کے آگے آگے چلنا شروع کردیا۔ قاضی سعید نے اپنے گھوڑے کو گدھے کے متوازی لے کر ساتھ ساتھ چلنا شروع کردیا۔

دونوں خدمت گاروں نے ایک دوسرے کو معنی خیز نظروں سے دیکھا اور مسکرانے لگے۔

دریائے کبیر سے پہلے انھیں پن چکیوں کی مدھم جیب مانوس آواز سنائی دینے لگی۔ یہ پن چکیاں ربط رقاقین (نانبائیوں کا محلہ) میں واقع تھیں۔ نانبائیوں کے محلے سے ذرا آگے قدیم شہروں کا محلہ تھا۔ اس محلے کے چاروں طرف زیتون، شاہ بلوط اور دوسرے کئی اونچے اونچے درختوں کے جھنڈ تھے اور ان درختوں سے بھی پہلے نارنگیوں، لیموں اور مہندی کی جھاڑیاں تھیں۔ ان درختوں کو سینچنے کے لیے چھوٹی چھوٹی نالے نما نہریں بنی ہوئی تھیں۔

پرانے شہریوں کے محلے میں ایک پھاٹک نما دروازہ لگا ہوا تھا۔ قاضی اور عورت ازابلا اس پھاٹک نما دروازے سے گزر کر اصل محلے میں داخل ہوگئے۔

ازابلا کا مکان شروع ہی میں بنا ہوا تھا۔ اس نے گدھے کو رکوایا اور خود گھوڑے سے اتر کر نیچے آگیا۔ کئی بار اس کے جی میں آئی کہ وہ اپنے دونوں خدمت گاروں کو واپس بھیج دے لیکن نہیں بھیج سکا کیونکہ اس طرح یہ نیا خدشہ پیدا ہوجاتا کہ دونوں خدمت گار گھر واپس جاکے اس کی بیوی سے ازابلا کی بابت معلوم نہیں کیا کچھ کہہ دیں۔

ازابلا نے ایک شاندار گھر کا قفل کھولا اور لڑکے کو لے کر اندر چلی گئی۔

قاضی سعید نے گدھے والے کو اس کا کرایہ ادا کیا اور گھوڑے کو دونوں خدمت گاروں کے حوالے کر کے مکان کے اندر چلا گیا۔ مکان اندر سے اور زیادہ حسین تھا۔ باہری کمرے کے فوراً بعد ایک صحن تھا۔ اس صحن میں انگور کی بیلوں کا سائبان تنا ہوا تھا اور ان پر چھوٹی چھوٹی چڑیاں پھدک رہی تھیں۔ کسی کسی لمحہ

کی چوں چوں اور چہچہانے کی آوازیں بھی سنائی دیتیں۔ قاضی انگوروں کے سائبان تلے کھڑا ہو گیا۔ یہاں دو تپائیاں پڑی ہوئی تھیں۔

کچھ دیر بعد ازابلا کسی اندرونی کمرے سے واپس آئی اور پوچھا۔ ”اندر چل کے بیٹھئے گا یا یہیں تپائیوں پر بیٹھ کر باتیں کرلیں؟“

قاضی نے جواب دیا۔ ”یہیں ٹھیک رہے گا۔“ پھر پوچھا۔ ”لڑکا کہاں ہے؟“

ازابلا قاضی کے مقابل بیٹھ گئی۔ بولی۔ ”میں نہیں چاہتی کہ ہماری باتیں وہ بھی سنے، اس لیے اس کو اندر کمرے میں چھوڑ دیا۔“

قاضی نے ادھر ادھر دیکھ کر شانے اچکائے اور سر کھجانے لگا۔ بولا۔ ”ازابلا! جب میں نے سعدونہ سے شادی کی تھی تو اس سے یہ وعدہ کیا تھا کہ میں اس کی موجودگی میں کسی دوسری عورت سے یا لڑکی سے شادی نہیں کروں گا۔“

ازابلا نے سر جھکا لیا تھا، بولی۔ ”اور شاید یہ قسم آپ نے قرآن کو گواہ بنا کے کھائی تھی؟“

قاضی نے بے چینی سے پہلو بدلا۔ ”ہاں یہ بھی درست ہے، میں اپنی اس قسم پر سات سال تک قائم رہا لیکن ادھر چند ہفتے قبل جب میں نے تجھے اپنی عدالت میں بحیثیت فریادی کھڑے دیکھا تو میرے دل کی دنیا ہی بدل گئی۔ میرے پائے ثبات میں لرزش پیدا ہوئی اور میں منہ کے بل ڈھیر ہو گیا۔“

ازابلا کے ہونٹوں پر مسکراہٹ لمحہ بھر کے لیے نمودار ہو کر غائب ہو گئی۔ اس نے پوچھا۔ ”اب آپ کیا چاہتے ہیں؟“

قاضی نے بے چینی سے جواب دیا۔ ”ازابلا! بخدا تیرے بغیر میری زندگی ادھوری رہے گی۔“

ازابلا نے قاضی کی آنکھوں میں آنکھیں ڈال دیں، پوچھا۔ ”اور اس عہد اس قسم کا کیا ہوگا جو قرآن پاک پر ہاتھ رکھ کر کھائی گئی تھی۔“

قاضی نے جواب دیا۔ ”ازابلا! میں اس عہد کی پابندی کر رہا ہوں۔ میں تجھ سے شادی کروں گا مگر سعدونہ کی موجودگی میں نہیں، اس کی عدم موجودگی میں۔ میں اس طرح جھوٹی قسم کے عذاب سے بچ جاؤں گا۔“

ازابلا نے چونک کر چالاک قاضی کی طرف دیکھا۔ اس نے سوچا قاضی لفظوں کے ہیر پھیر سے کیسا فائدہ اٹھا رہا تھا، بولی۔ ”میں تیار ہوں لیکن میرے بچے کا کیا ہوگا؟“

قاضی کا چہرہ باغ باغ نظر آ رہا تھا، جواب دیا۔ ”شادی کے بعد وہ میرا بیٹا کہلائے گا۔“

ازابلا نے کہا۔ ”لیکن میرا بیٹا آئزک میرے مسیحی شوہر کی یادگار ہے، ایک مسیحی لڑکا آپ کا بیٹا کیونکر کہلائے گا؟“

قاضی نے پرسکون لہجے میں ازابلا کو سمجھایا" ازابلا! سعدونہ سے کوئی اولاد نہیں، اس لیے تیرا بیٹا آنزک ہی میرے لیے اسحاق ہوگا۔ میں اس کی مسلمان بچوں کی طرح پرورش کروں گا۔ اگر تو چاہتی ہے کہ میرے بعد تیرا لڑکا اسحاق قاضی یا قاضی القضاۃ (چیف جسٹس) بن جائے تو تجھ کو میری بات ماننی پڑے گی"

ازابلا کو ایک دم شکست ہوگئی۔ بیٹے کے شاندار مستقبل کی طمع میں وہ قاضی سے الجھ نہیں سکی۔ پھر بھی پوچھا" اور اگر آپ کی بیوی سعدونہ کسی لڑکے کی ماں بن گئی تو؟"

قاضی نے جواب دیا" ایسا نہیں ہوگا ازابلا! سعدونہ بانجھ ہے۔ اولاد اگر مزید ہوگی تو وہ تجھ سے ہوگی لیکن یہ میں تجھ سے وعدہ کرتا ہوں کہ اگر تو نے اپنے بیٹے اسحاق کو مسلمان ہو جانے دیا تو میں اسی کو اپنا ولی عہد قرار دوں گا"

ازابلا نے کہا" تب پھر بہتر ہے لیکن کہیں آپ کا یہ عہد بھی پچھلے عہد کی طرح کسی تاویل کی نذر نہ ہو جائے"

قاضی کھسیایا ہوا تھا، بولا" ایسا نہیں ہوگا ازابلا! خدا کے لیے تو مجھے اس قسم کی باتوں سے شرمندہ نہ کر"

ازابلا ہنسنے لگی۔ قاضی نے ازابلا کے ہنستے ہوئے سرخ سرخ رخساروں میں آنچ سی محسوس کی۔ اس نے ازابلا کو اپنی آغوش میں لینا چاہا لیکن ازابلا پیچھے ہٹ گئی اور کہا" نہیں، میرا بیٹا اسحاق نہ آجائے کہیں"

قاضی محتاط ہوگیا۔ اب وہ حال سے قال پر آچکا تھا۔ ازابلا سے پیار محبت کی باتیں کرنے لگا۔ کچھ دیر بعد وہ خاموشی سے اٹھا اور کہا" ازابلا! میں آج ہی تجھ سے شادی کرلوں گا اور اسحاق کو قرطبہ کی درس گاہ میں داخل کردوں گا مگر ایک بات کا تو بھی خیال کرے گی۔ میں تجھ سے شادی سعدونہ سے چھپا کر کر رہا ہوں تو بھی اسے راز میں رکھے گی۔ خبردار! جو اس کا چرچا کیا"

ازابلا نے جواب دیا" میں خاموش رہوں گی اور اسے راز بھی رکھوں گی لیکن آپ بھی مجھے نظر انداز نہیں کریں گے اور ہر ماہ کی چند راتیں مجھے بھی دیا کریں گے"

قاضی نے وعدہ کرلیا۔ وہ کچھ دیر وہاں اور ٹھہرا، اس کے بعد باہر نکل آیا۔ یہاں دونوں خدمت گار قاضی کا بے چینی سے انتظار کررہے تھے۔ قاضی نے ان دونوں کے چہروں پر عجیب سا تجسس محسوس کیا۔

قاضی نے جاتے جاتے مڑ کر ازابلا کے گھر کی طرف دیکھا، تو دروازے سے ٹیک لگائے ازابلا کو اپنی طرف دیکھتے ہوئے پایا۔ شاید وہ بڑی حسرت سے قاضی کو جاتے ہوئے دیکھ رہی تھی۔

قاضی گھوڑے پر سوار ہونے کے بجائے دونوں خدمت گاروں کے ساتھ پیدل ہی چلنے لگا۔ کچھ دیر

بعد ایک خدمت گار نے پوچھا۔ "آپ گھوڑے پر نہیں بیٹھیں گے کیا؟"

قاضی نے جواب دیا۔ "بیٹھوں گا، مگر ابھی نہیں۔ کچھ دیر پیدل چلنے کے بعد۔"

اس ذرا سی بات چیت کے بعد پھر سکوت طاری ہو گیا۔ آخر اس سکوت کو قاضی نے ختم کر دیا، بولا "تم دونوں اگر چاہو تو میں منصور ابن ابی عامر سے کہہ سن کر اونچے منصب دلوا سکتا ہوں۔"

ایک خدمت گار نے جواب دیا۔ "اونچا منصب کون نہیں چاہتا میرے آقا!"

قاضی نے کہا۔ "اور جو لوگ بلند مناصب حاصل کر لیتے ہیں انھیں بڑی پریشانیاں بھی اٹھانا پڑتی ہیں۔ وہ پیٹ کے ہلکے نہیں ہوتے، وہ اپنے پرائے اور سرکاری رازوں کے امین ہوتے ہیں۔"

ایک خدمت گار نے جواب دیا۔ "میرے آقا! میں قسم کھا کر یقین دلا سکتا ہوں کہ میں سب سے زیادہ رازدار اور وفادار ثابت ہوں گا۔"

قاضی نے پوچھا۔ "ابھی کچھ دیر پہلے تم دونوں نے کیا دیکھا؟"

ایک نے بعجلت جواب دیا۔ "کچھ بھی نہیں۔ ہم نے کچھ بھی نہیں دیکھا۔"

قاضی نے کہا۔ "لیکن یہ جھوٹ ہے۔ تم دونوں نے جو کچھ دیکھا ہے، میں چاہتا ہوں اسے راز رکھو۔ میری بیوی سعدونہ ان باتوں کو برداشت نہیں کرے گی اور میں نہیں چاہتا کہ میری گھریلو زندگی میں میرا کوئی خدمت گار زہر گھول دے۔"

دونوں خدمت گاروں نے اسی وقت قسمیں کھائیں کہ وہ ہمیشہ اپنے آقا کے وفادار اور رازدار رہیں گے۔

قاضی نے اسی شام کو ازابلا سے شادی کر لی۔ دونوں خدمت گاروں کو اپنے ساتھ رکھا اور سعدونہ کو یہی معلوم ہو سکا کہ اس کا شوہر قاضی سعید اپنے دونوں خدمت گاروں کے ساتھ چند دنوں کے لیے اپنے فرائض منصبی کی طرف سے قرطبہ سے باہر جا رہا ہے۔ چنانچہ شادی کے بعد قاضی سعید نے ازابلا کے ساتھ ایک ہفتہ گزار دیا۔ دونوں خدمت گاروں کے ساتھ قاضی نے خود کو ازابلا کے مکان میں نظر بند کر لیا تھا، اس دوران قاضی نے اسحاق کو بڑی محبت دی اور اسے اتنا مانوس کر لیا کہ وہ قاضی کے گن گانے لگا۔

قاضی نے اسحاق کو ایک ابتدائی مدرسے میں داخل کر دیا جہاں وہ اسلامی نصاب کا درس لینے لگا لیکن گھر میں ازابلا بھی تعلیم دیتی اس طرح تین سال گزر گئے۔ ان تین سالوں میں قاضی نے اپنی دوسری شادی کو پوری طرح راز میں رکھا۔ دونوں خدمت گاروں کو انعام و اکرام کے چابک سے قابو میں رکھا گیا تھا اور قاضی کی ہمیشہ یہی کوشش رہتی تھی کہ انھیں گھر سے دور اور اپنے قریب رکھا جائے۔ یہ مجرب نسخہ بڑا کارگر ثابت ہوا۔

قاضی نے تین سال بعد سعدونہ میں تبدیلی محسوس کی، اسے کہیں سے سن گن مل گئی تھی۔ چنانچہ اب وہ اپنی مرضی کے مطابق ازابلا کے پاس نہیں جا سکتا تھا۔ جب بھی قاضی اپنے منصبی امور کے لیے سفر کرنا چاہتا، سعدونہ ساتھ چلنے پر مصر ہو جاتی اور قاضی کو اپنا منصوبہ ترک کرنا پڑتا۔ اب وہ بمشکل کسی کسی دن چند گھنٹوں کے لیے ازابلا کے

پاس چلا جاتا تھا۔ ازابلا اپنی حق تلفی برداشت نہیں کر سکتی تھی، اس نے قاضی سے صاف صاف کہہ دیا۔
میں چند گھنٹے نہیں چند دن چاہتی ہوں، ہر ماہ کے چند دن ۔"

قاضی نے جواب دیا " ازابلا! مت گھبرا۔ سعدونہ کو شک ہو گیا ہے۔ میں اس شک کو اس کے دل سے بہت جلد نکال دونگا۔ اور پھر حسب سابق تیرے پاس آزادی سے رہ سکوں گا۔"

ازابلا نے کہا "میرا خیال ہے آپ اب اس راز کو افشا ہی کر دیں کیونکہ اسلام میں دوسری شادی معیوب نہیں ہے۔"

قاضی کے پاؤں تلے سے زمین نکل گئی۔ وہ ازابلا کی شکل دیکھنے لگا، پھر بولا "ازابلا! کیا تو جانتی ہے کہ اس کو ہم دونوں کی شادی کا جیسے ہی علم ہوگا، وہ خودکشی کر لے گی۔"

ازابلا نے ہنس کر جواب دیا "یہ تو اور بھی اچھی بات ہے وہ خودکشی کر لے گی تو میں آپ کے ساتھ آزادی سے رہ سکوں گی۔"

قاضی حیرت سے ازابلا کی صورت دیکھنے لگا، اس کو شبہ گزرا، شاید ازابلا نشے میں ہے۔ وہ آہستہ آہستہ اس کے پاس گیا اور اس کا منہ دیکھنے لگا۔ ازابلا نے پوچھا "آپ کیا دیکھ رہے ہیں اس طرح؟"

قاضی نے جواب دیا "تیرا منہ سونگھ کر یہ جاننا چاہتا تھا کہ اس وقت کہیں تو نشے میں تو نہیں ہے۔"

ازابلا نے پوچھا "پھر کیا معلوم ہوا؟"

قاضی نے جواب دیا "تو نشے میں تو نہیں ہے لیکن پھر بھی تو صحیح الدماغ نہیں ہے معلوم نہیں کیوں؟"

ازابلا خاموش ہو گئی۔ قاضی چند ساعتیں گزار کر جب گھر واپس آیا تو اس نے اپنے گھر سے قرطبہ کی مشہور زمانہ دائی کو نکلتے ہوئے دیکھا۔ قاضی نے اسے روک لیا، پوچھا "تو اندر کیا لینے گئی تھی؟"

دائی نے جواب دیا "بھائی صاحب! یہ آپ کیا پوچھ رہے ہیں مجھ سے؟"

قاضی نے کہا "میں یہ جاننا چاہتا ہوں کہ بنجر زمین کے پاس تو کیا لینے گئی تھی؟"

دائی مسکرانے لگی، بولی "جناب قاضی صاحب! خاتون خانہ امید سے ہیں، شاید یہ دوسرا مہینہ چل رہا ہے۔"

قاضی کو اپنے کانوں پر یقین نہیں آیا، پوچھا "کیا سچ؟ دوبارہ تو کہنا۔"

دائی نے وہی بات دوبارہ دہرا دی، کہا "خاتون خانہ حاملہ ہیں۔"

قاضی کا اس وقت حال ہی کچھ اور تھا۔ جس چیز کی کوئی امید ہی نہیں تھی، وہ اچانک ملی جا رہی تھی۔

دائی نے پوچھا "حضور! اب تو میں جا سکتی ہوں؟"

قاضی نے ایک بار پھر وہی سوال کیا "تو یہ بات پکی ہے کہ سعدونہ امید سے ہے؟"

دائی نے پھر وہی جواب دیا ”میں جو کہہ رہی ہوں۔“

قاضی نے دائی کو چلا جانے دیا اور خود سعدونہ کے پاس چلا گیا۔ اس وقت سعدونہ چادر اوڑھے منہ چھپائے خاموش پڑی تھی۔ قاضی نے اندر داخل ہوتے ہی پکارا ”سعدونہ!“

سعدونہ نے کوئی جواب نہیں دیا، ایسا لگا جیسے وہ گہری نیند سوئی ہوئی ہے۔ قاضی سعدونہ کے سرہانے جا کھڑا ہوا اور ایک بار پھر آواز دی ”سعدونہ! کیا سو گئیں؟“

سعدونہ نے آنکھیں کھول کر قاضی کی طرف دیکھا اور دوبارہ بند کر لیں۔

قاضی نے محسوس کیا، شاید سعدونہ کی آنکھوں میں آنسو تھے۔ اس نے فوراً اپنی انگلیوں کو دونوں آنکھوں کے گوشوں پر رکھ دیا، انگلیاں بھیگ گئیں، قاضی اس پر جھک گیا، پوچھا ”سعدونہ کیا بات ہے! تو رو کیوں رہی ہے؟“

سعدونہ نے کروٹ بدلی اور منہ دوسری طرف کر لیا۔

قاضی دوسری طرف چلا گیا، بولا ”سعدونہ! تجھے بتانا پڑے گا کہ تو مجھ سے ناراض کیوں ہے؟“

سعدونہ نے جواب دیا ”میں کیوں ناراض ہوں، بتاؤں؟“

قاضی گھبرا گیا، بڑی ہمت کر کے پوچھا ”بتا، میں تیرے سوال کا جواب بعد میں دوں گا پہلے تو میرے سوال کا جواب تو دے دے۔“

سعدونہ نے انتہائی سوچ سمجھ کر سوال کیا ”میں جاننا چاہتی ہوں وہ اسحاق نامی لڑکا کون ہے، وہ آپ کا کون ہے؟“

قاضی بدحواس ہو گیا، بڑی کوشش سے حواس پر کسی حد تک قابو پا سکا، بولا ”تجھے اس لڑکے کی بابت کس نے بتایا؟“

سعدونہ اٹھ کر بیٹھ گئی، بولی ”میں نے آپ سے جو کچھ پوچھا مجھے اس کا جواب چاہیے۔“

قاضی نے جواب دیا ”سعدونہ! اگر مجھے یہ معلوم ہو جاتا کہ اس یتیم اور مجبور لڑکے کی بابت کس نے کیا بتایا ہے تو شاید میں تیرے سوالوں کا بہترین جواب دے سکتا۔“

سعدونہ بہت جذباتی ہو رہی تھی، بولی ”میں اپنے سوال کا بہترین نہیں، سچا جواب چاہتی ہوں۔“

قاضی نے جواب دیا ”لڑکا اسحاق عیسائی ہے اس کا باپ مر چکا ہے ماں زندہ ہے مگر اس لائق نہیں ہے کہ اس کی کفالت کر سکے۔ میں نے اس لڑکے کی ذمہ داری اس لیے قبول کر لی کہ اس طرح وہ مسلمان ہو جائے گا اور میں بانگا وایز دی بیر، ثواب کا مستحق ٹھیروں گا۔“

سعدونہ مشتعل ہو کر کھڑی ہو گئی ”مجھ سے جھوٹ نہ بولیے آپ نے اس کی ماں ازابلا سے شادی کر کے اسحاق کو اپنا بیٹا بنا لیا ہے۔“

اب قاضی مزید جھوٹ نہیں بول سکتا تھا۔ وہ چپ ہو گیا۔

سعدونہ بڑبڑاتی رہی "اب بولتے کیوں نہیں! میری باتوں کا جواب دیجئے۔ آپ نے مجھ سے دوسری نہ کرنے کا عہد کیا تھا، قرآن پاک کو اس عہد کا گواہ بنایا تھا اور اب۔۔۔ اور اب۔۔۔"

وہ آگے نہیں بول سکی، زار و قطار رونے لگی۔

قاضی نے عافیت اسی میں سمجھی کہ کسی طرح موضوع ہی بدل دیا جائے۔ پوچھا "یہ دائی کیوں آئی تھی؟"

سعدونہ نے جواب دیا "آپ تو یہ سمجھے تھے کہ میں بانجھ ہوں، اولاد نہیں پیدا کر سکتی۔ شاید اسی لیے اس مسیحی عورت ازابلا سے شادی کر لی لیکن میرے خدا نے میری سن لی اور اب میں آپ کو اولاد دے سکوں گی۔"

سعدونہ برابر روئے جا رہی تھی، اس کی آواز بھرا گئی تھی۔ قاضی کو سعدونہ کی بات پر یقین نہیں آیا، بولا "کیا سچ؟"

سعدونہ نے جواب دیا "میں جھوٹ کیوں بولوں گی، اگر آپ نے اس مسیح زادے کو اپنا بیٹا بنا لیا ہے تو میرے بچے کا کیا بنے گا؟"

قاضی نے کہا "وہ میرا بیٹا نہیں ہے میرا بیٹا وہی ہوگا جو تیرے بطن سے ہوگا۔"

سعدونہ نے کہا "لیکن میں اس پر کس طرح اعتبار کروں؟"

قاضی نے جواب دیا "اس پر اعتبار نہ کرنے کی کوئی وجہ نہیں ہے سعدونہ! کیونکہ یہ ایک فطری بات ہے کہ اپنے بیٹے سے پیار کسی دوسرے کا بیٹا نہیں ہو سکتا۔ جب تیرا بچہ پیدا ہو جائے گا تو میں اپنے قول کو عمل سے بھی ثابت کر دوں گا۔"

سعدونہ کی اداسی برقرار تھی، بولی "آپ ازابلا کو طلاق دے دیں۔"

قاضی نے اٹل لہجے میں جواب دیا "میں ایسا نہیں کر سکتا۔"

سعدونہ نے ایک دوسری تجویز پیش کی۔ "اچھا اگر ازابلا کو طلاق نہیں دیتے تو نہ سہی، اس سے کوئی اولاد نہیں ہونی چاہیے۔"

قاضی ہنسنے لگا "یہ کیا مہمل اور فضول تجویزیں لا رہی ہو۔ اولاد تو خدا کی دین ہے وہ جس کو چاہے دے دے، میں اس کو کس طرح روک سکتا ہوں، واہ وا، ماشاء اللہ۔ اس میں انسان کا کیا دخل؟"

سعدونہ نے جب یہ دیکھا کہ قاضی اس کی کوئی بات مان ہی نہیں رہا تو اپنی آخری تجویز بھی پیش کر دی، کہا "اچھا، تب پھر آپ کم از کم اسحاق ہی سے دست کشی اختیار کر لیجئے۔"

قاضی نے برا سا منہ بنایا، بولا "دیکھو سعدونہ! اسحاق ہم سے کچھ بھی نہیں مانگتا۔ وہ عیسائی ہے لیکن وہ اسلامی درسگاہوں سے مسلمان ہو کر نکلے گا۔ میں ایک مسیحی کو مسلمان کر کے دین اور دنیا میں سرخروئی

حاصل کرلوں گا اور تو چاہتی ہے کہ میں اس سے محروم ہو جاؤں۔"

سعدونہ دوبارہ لیٹ گئی، دل برداشتہ لہجے میں جانتی ہوں کہ آپ میری ایک بات بھی نہیں مانیں گے، خیر۔۔۔ آپ جو چاہیں کریں، دین و دنیا کا ثواب لوٹیں، یتیم اور بے آسرا بچوں کے باپ بن جائیں، مجھے کیا۔" پھر وہ ایک دم گرم ہوگئی اور اونچی آواز میں بولی "دیکھئے جناب! اگر آپ یہ سمجھتے ہیں کہ اس دنیا میں میں اکیلی ہوں، تو یہ آپ کی بھول ہوگی۔ میرا خدا میرے لیے کافی ہے۔"

قاضی نے دیکھا اور باہر جاتے ہوئے کہا "سعدونہ! اچھا ہوا جو آزمائش والی بات تجھے معلوم ہوگئی۔ اب تک اس کی بڑی حق تلفی ہوتی رہی۔ مگر اب میں، اللہ نے چاہا تو انصاف کرسکوں گا۔"

قاضی باہر چلا گیا اور سعدونہ اس کے جاتے ہی زور زور سے رونے لگی "قاضی سعید! بخدا اگر آپ نے میرے بچے کے ساتھ زیادتی کی اور انصاف نہ کیا تو میں بھی آزمائش اور اس کے بیٹے کو دیکھ لوں گی۔"

قاضی سعید اب ایک نئی کش مکش کا شکار ہو چکا تھا۔ وہ اس خبر سے بے حد خوش تھا کہ سعدونہ صاحب اولاد ہو جائے گی۔ اس کا دل بار بار یہی کہہ رہا تھا کہ اپنے بچے کی بات ہی کچھ اور ہے۔ اس نے تصور میں اسحاق کو سر جھکائے مجبور و بے کس کھڑے دیکھا۔ قاضی چونک گیا کیونکہ مجبور اور بے کس اسحاق کے لیے اس کے دل میں پہلی جیسی تڑپ نہیں رہ گئی تھی۔

وزیر منصور ابن ابی عامر نے قاضی سعید کو طلب کیا اور اسے حکم دیا کہ وہ پورے قرطبہ کے عدالتی نظام کا جائزہ لے اور قاضیوں کی کارکردگی سے حکومت کو مطلع کرے۔ منصور ابن ابی عامر کچھ عرصے سے یہ محسوس کر رہا تھا کہ کئی قاضی من مانی کر رہے ہیں اور انھیں اپنے فرائض منصبی کا ذرا بھی احساس نہیں

قاضی سعید نے قرطبہ کے طول و عرض اور منصب قضاۃ پر فائز قاضیوں کا اندازہ جو لگایا تو یہ معلوم ہوا کہ اس میں تیس دن ضرور لگ جائیں گے۔ اس نے اپنے دورے کی ساری تیاریاں مکمل کرلیں اس کے بعد اپنی بیوی سعدونہ کو مطلع کیا کہ وہ کم از کم تیس دنوں کے لیے دورے پر جا رہا ہے۔

سعدونہ نے حالت اضطراب میں کہا "کیا آپ کو یہ معلوم ہے کہ میں دس بارہ دن میں ماں بن جاؤں گی؟"

قاضی کا چہرہ خوشی سے کھل اٹھا، بولا "کیا واللہ؟ تو نے مجھے خوش کر دیا۔ خدا تجھے خوش رکھے۔"

سعدونہ نے کہا "کیا آپ اپنے دورے کو کم از کم پندرہ دن کے لیے ملتوی نہیں کرسکتے؟"

قاضی نے جواب دیا "نہیں، ایسا نہیں ہوسکتا، کسی حال میں بھی ایسا نہیں ہوسکتا۔"

سعدونہ نے صبر کرلیا، مزید اصرار نہیں کیا۔ قاضی اسے دیکھتا رہا، وہ سوچ رہا تھا کہ جب وہ گھر واپس آئے گا تو اپنے گھر میں ایک نومولود بچہ اس کی گود میں آنے کے لیے ہمک رہا ہوگا۔ بچے کے شدید تصور نے اس کے ارادے میں بیزاری اور غیر مستقل مزاجی پیدا کردی۔ وہ سیدھا منصور ابن ابی عامر کے پاس پہنچا اور کہا۔ "وزیر محترم! کیا ایسا ممکن نہیں ہے کہ میں ایک ماہ بعد دورے پر نکلوں؟"

وزیر کی تیوریوں پر بل پڑ گئے، بولا "کیا تو نے یہ سمجھ رکھا ہے کہ میں تیری اس قسم کی باتوں سے ہذیان میں مبتلا ہو جاؤں گا، ایسا نہیں ہو سکتا۔ او قاضی سعید! کان کھول کر میری یہ بات سن لو کہ آئندہ میں اس قسم کی بے ہودگی برداشت نہیں کروں گا" قاضی سعید اپنا سا منہ لے کر وہاں سے اٹھ آیا۔ اس نے گھر آکر پہلا کام یہ کیا کہ ایک بوڑھی عورت کا انتظام کر دیا جو سعدونہ کے ساتھ گھر میں رہ سکے۔ ادھر سے مطمئن ہونے کے بعد وہ ازابلا کے پاس چلا گیا۔ اس بار وہ ازابلا کے پاس کئی دن بعد گیا تھا ازابلا اس سے ناراض بیٹھی تھی۔ اس نے قاضی کی طرف دیکھا تک نہیں۔ وہ آہستہ آہستہ چل کر ازابلا کے پاس ہی بیٹھ گیا اور کہا "ازابلا! میں کافی دنوں کے لیے باہر جا رہا ہوں"

ازابلا سب کچھ بھول گئی اور بے اختیار پوچھا "آپ کہاں جا رہے ہیں؟"

قاضی سعید نے ساری تفصیل بتا دی اور آخر میں کہا "ازابلا! میں مجبور ہو گیا ہوں معلوم نہیں کیوں وزیر منصور ابن ابی عامر اس پر مصر ہے کہ میں فوراً دورے پر نکل جاؤں"

ازابلا نے کہا "بہتر ہے، میں تو تنہا رہ لوں گی کیونکہ میں تنہا رہنے کی عادی ہوں مگر آپ کی چہیتی بیوی سعدونہ آپ کی عدم موجودگی میں کیا کرے گی؟"

قاضی سعید نے جواب دیا "ازابلا! مجھے افسوس تو سعدونہ ہی کا ہے مگر وہ صابر و شاکر عورت بھی مان گئی"

قاضی کو بھی فوراً ہی اپنی غلطی کا احساس ہو گیا اور وہ ازابلا سے معذرت کرنے لگا۔

وہ کئی گھنٹے ازابلا کے ساتھ رہ کر چلا گیا۔

اس نے اپنے سفر کا آغاز قرطبہ کے آخری شمالی شہر غافق سے کیا۔ قرطبہ سے دو دن کی مسافت کا یہ شہر اس اعتبار سے بہت مشہور تھا کہ یہاں صدیوں پہلے ابوالحسن علی بن محمد نامی ایک بزرگ چھپن سال تک مقدمات کے فیصلے کرتے رہے۔ قاضی نے یہاں کے قاضیوں کو سست اور آرام طلب پایا۔ اس نے مقامی قاضیوں کی اچھی طرح خبر لی۔ آخر میں قاضی ابوالحسن علی بن محمد کے مزار پر گیا، فاتحہ پڑھی اور ان سے دعاؤں کا طالب ہوا۔

پھر وہ سات میل دور بطروش چلا گیا۔ قرطبہ کے شمال مشرق میں تقریباً سبھی امام مالکؒ کے پیرو تھے۔ یہاں کے قاضیوں نے اس کی بڑی آؤ بھگت کی۔ یہاں سے وہ المدور چلا گیا۔ دریا و الا المدور یہاں کے لوگ بڑے ہنس مکھ تھے۔ یہاں سے وہ قرطبہ واپس گیا۔ قرطبہ والوں نے قاضی کی کچھ ایسی مدارات کیں کہ وہ حیران رہ گیا۔ ربضوں (محلوں) کا یہ شہر بڑا وسیع و عریض تھا۔ یہاں کے قاضیوں نے قاضی سعید کی دعوتیں شروع کر دیں۔ وہ اگر چاہتا تو یہاں سے اپنے اور ازابلا کے گھر جا سکتا تھا لیکن وہ نہیں گیا۔ اس دوران لوگوں نے حاجب ابن ابی عامر کو یہ بتایا کہ قاضی سعید کئی راتوں سے مسلسل کام کر تا رہا تھا۔ اس نے یہاں کی بابت

اپنے جائزے میں لکھا:

"قرطبہ کے قاضی دلیر، حق پرست اور مہمان نواز تھے۔ قرطبہ سے وہ بیانہ چلا گیا۔ یہاں اس نے روغن زیتون نکالنے والے لوگوں کے گھر دیکھے۔ یہ لوگ اپنے گھروں کی سجاوٹ پر خاص توجہ دیتے تھے۔ یہیں وہ کاریگر بھی رہتے تھے جن کے بنائے کپڑوں کی دور دور بڑی مانگ تھی۔ یہاں کے قاضیوں نے اس پر خاص توجہ نہیں دی۔ قاضی سعید نے ان کی بابت لکھا "چونکہ یہ لوگ سچے اور کھرے ہیں اس لیے یہ کسی کی خوشامد نہیں کرتے۔"

یہاں سے وہ الیسانہ چلا گیا۔ الیسانہ میں ہر طرف یہودی ہی یہودی نظر آتے تھے۔ ایک چھوٹا سا دریا جو دریائے شنیل کا معاون دریا کہلاتا تھا، الیسانہ کے کنارے سے گزر گیا تھا۔ یہاں کے قاضیوں کو یہ پریشانی تھی کہ یہودی ان کے فیصلے نہیں مانتے تھے۔

اس طرح وہ تقریباً پینتالیس روز تک حالت سفر میں رہا۔ اس نے اپنے سفری جائزے میں لکھا کہ "تقریباً ہر قاضی ان خیالوں میں مگن تھا کہ وہ قاضی ہے اس کے اختیارات نہایت وسیع ہیں، اس نے حکومت کو مشورہ دیا کہ قاضیوں کو ڈھیل ہرگز نہ دے اور ہر ماہ کوئی نہ کوئی دورہ کرتا رہے تاکہ ان پر خوف طاری رہے۔"

جب وہ اپنے گھر پہنچا تو وہاں لڑکا پیدا ہو چکا تھا۔ سعدونہ بہت خوش تھی۔ اس نے قاضی سعید پر کوئی توجہ ہی نہیں دی۔ لڑکے کی ولادت نے اسے کسی حد تک مغرور کر دیا تھا۔ قاضی سعدونہ کے پاس بچے پر جھک گیا۔

سعدونہ اس کے پاس لیٹی ہوئی مسکرا رہی تھی۔

قاضی نے پوچھا "آج کتنے دن کا ہو چکا ہے؟"

سعدونہ نے جواب دیا "دس دن کا۔"

قاضی نے کہا "یہ تو بہت خوبصورت ہے۔"

سعدونہ نے اس کی پیشانی پر پیار کیا، بولی "بالکل آپ کی طرح ہے۔"

جب قاضی نے بچے کو گود میں لینا چاہا تو سعدونہ نے اس پر ہاتھ رکھ دیا، بولی "بس جناب! ابھی نہیں۔"

قاضی نے کھسیا کر پوچھا "ابھی نہیں، تب پھر کب؟"

سعدونہ اپنی جان کو ذرا بھی نہیں بھولی تھی، بولی "ازابلا کو طلاق دینے کے بعد، اور اسحاق سے بری الذمہ ہونے کے بعد۔"

قاضی نے دیکھا سعدونہ مسکرا رہی تھی۔ قاضی کی پیشانی شکن آلود ہو گئی، پوچھا "سعدونہ! تو نے یہ بات ازراہ مذاق کہی ہے یا سنجیدگی سے؟"

سعدونہ نے اس کا جواب ہی نہیں دیا، بولی "اور آپ نے اس کے سر کی ساخت پر غور کیا! بالکل آپ جیسی ہے۔"

قاضی نے پوچھا "سعدونہ! بات نہ ٹال۔ میں کیا پوچھ رہا ہوں؟"

سعدونہ نے بچے کا ماتھا چوم لیا، بولی "آپ کیا پوچھ رہے ہیں؟"

قاضی نے ایک بار پھر بچے کو گود میں لینے کے لیے ہاتھ بڑھایا اور اس بار پھر سعدونہ نے بچے پر اپنا ہاتھ رکھ دیا اور کہا "ابھی نہیں۔"

قاضی نے پھر وہی سوال کیا "ابھی نہیں تو کب؟"

سعدونہ نے جواب دیا "جب اس کی گردن ٹھہر جائے تب۔"

قاضی اداس ہو کر کھڑا ہو گیا۔ سعدونہ اس کی کیفیت کو خوب سمجھ رہی تھی، بات ٹالنے کی غرض سے بولی "آپ کا کام پورا ہو گیا؟"

قاضی نے روکھے لہجے میں جواب دیا "ہاں پورا ہو گیا۔"

سعدونہ نے جلانے کے لیے پوچھا "اب پھر کب جائیے گا؟"

قاضی نے جواب دیا "پتہ نہیں۔"

سعدونہ نے کہا "دیکھیے اب مجھے بانجھ نہ کہیے گا۔"

قاضی نے کوئی جواب نہیں دیا۔ سعدونہ پھر بولی "میں اپنے رب کی شکر گزار ہوں جس نے مجھے یہ پیارا سا بیٹا دیا۔"

قاضی نے ایک بار پھر بچے کو لینا چاہا، بولا "سعدونہ! کیا بات ہے کیا یہ میرا بچہ نہیں ہے؟"

سعدونہ کی تیوریوں پر بل پڑ گئے "یہ کیسی بات کر رہے ہیں آپ؟"

قاضی نے کہا "اگر یہ میرا بچہ ہے تو مجھے گود میں لینے کیوں نہیں دیتی؟"

سعدونہ نے کوئی جواب دیے بغیر بچے کو گود میں اٹھا لیا اور اس سے باتیں کرنے لگی "جس نے میری ماں کو دکھ پہنچایا ہے میں اس کی گود میں کیوں جاؤں؟ جس نے ایک عیسائی لڑکے کو اپنا بیٹا بنا لیا میں اس کا بیٹا کیوں بنوں؟"

قاضی نے سعدونہ کو ڈانٹ دیا "سعدونہ! اب یہ بکواس بند کریں ازابیلا کو طلاق نہیں دے سکتا میں اسحاق کو بدستور تعلیم دلواتا رہوں گا۔"

سعدونہ نے نہ تو قاضی کی طرف دیکھا اور نہ ہی اس کی کسی بات کا جواب دیا۔ وہ اب بھی اپنے بچے ہی سے مخاطب تھی، بولی "میں تیرا نام نصر رکھوں گی تاکہ نصرت تیرے ہم رکاب رہے۔ تو میرا نصر ہے، میرا، میرے خاندان، میری قوم اور وطن نے نصر کا نصر۔ خدا تجھے عمر نوح عطا فرمائے۔"

قاضی کو ایسا لگ رہا تھا گویا یہ اس کا نہیں، سعدونہ اور صرف سعدونہ ہی کا بیٹا ہے، قاضی اپنی بے عزتی سی محسوس کر رہا تھا۔

جب قاضی وہاں سے چلنے لگا تو سعدونہ نے بڑی سنجیدگی سے کہا "سنیے، میری بات سنیے۔"

قاضی رک گیا، پوچھا "کیا بات ہے؟"
سعدونہ نے پوچھا "آپ کہاں جا رہے ہیں؟"
قاضی نے کہا "مجھے نہیں معلوم۔ تو مجھے گھر سے نکال رہی ہے، میں نکل رہا ہوں، بس"
سعدونہ نے کہا "میں نے اپنے بچے کا نام نصر رکھا دیا ہے، آپ کو کوئی اعتراض؟"
قاضی نے کہا "تو مجھے اس خوشی میں شریک ہی کب کر رہی ہے"
سعدونہ نے جواب دیا "میں آپ کو اس خوشی میں شریک کروں یا نہ کروں لیکن یہ بیٹا ہے تو آپ ہی کا"
قاضی نے کہا "مجھے نصر نام ذرا بھی پسند نہیں۔ میں اس کا نام فضل رکھنا چاہتا ہوں کیونکہ یہ ہمارے گھر میں ہمارا افضل ہے"
سعدونہ نے کہا "لیکن میں نے اس کا نام نصر رکھ دیا ہے یہ میری جیت ہے میری فتح ہے"
قاضی سوچ رہا تھا، آج سعدونہ کچھ اور ہی ہے۔ یہ وہ سعدونہ نہیں تھی جس کو وہ چالیس پینتالیس دن پہلے چھوڑ گیا تھا۔
سعدونہ نے کہا "آپ کہیں جا رہے تھے؟"
قاضی نے زچ ہو کر پوچھا "تم نے مجھے روکا کیوں تھا؟"
سعدونہ نے جواب دیا "یوں ہی، کسی خاص وجہ سے نہیں"
قاضی نے کہا "اچھا اب میں جا رہا ہوں تجھ کو کچھ کہنا ہے؟"
سعدونہ نے جواب دیا "میں کیا کہوں گی، مجھے کچھ بھی نہیں کہنا، آپ جا سکتے ہیں"
قاضی کو ایسا لگا جیسے سعدونہ نے اس کے منہ پر چانٹا رسید کر دیا ہو۔ وہ غصے میں پاؤں ٹپکتا ہوا باہر نکل گیا۔

وہ دیر تک ادھر ادھر مارا مارا پھرتا رہا۔ اس کی سمجھ میں نہیں آتا تھا کہ وہ کہاں جائے اور کس سے اپنا دکھ درد بیان کرے۔ وہ گھومتا پھرتا دریائے کبیر کے پل پر پہنچ گیا۔ باب القنطیرہ اس کے سامنے تھا۔ یہ ڈھلوان پل جو جنوب سے شمال کی طرف کچھ کچھ جھکا ہوا تھا قاضی پل پر کھڑے ہو کر سست رو دریا کی سطح دیکھنے لگا۔ یہیں سے اس نے جامع مسجد قرطبہ کے مینارے دیکھے اور بے چین ہو گیا۔ مغربی سمت کا مینار درختوں کے اوپر سر اٹھائے کھڑا تھا۔

اس نے پل کو چھوڑ دیا اور جامع مسجد میں چلا گیا۔ یہاں اس نے بے شمار ستونوں کے درمیان کھڑے ہو کر دو رکعت نماز شکرانہ ادا کی جب وہ دونوں ہاتھ دراز کیے ہوئے توبہ و استغفار کر رہا تھا۔ اس نے کہا "بار الٰہی! یہ تو نے کس آزمائش میں ڈال دیا ہے مجھے"

اس کی آوازیں ستونوں اور ہالوں میں گونج رہی تھیں۔ وہ اپنے رب سے کہہ رہا تھا "خدایا! تو دلوں کا حال جانتا ہے، تو جانتا ہے کہ میں کس قسم کا انسان ہوں۔ میری بیوی مجھ سے ناخوش ہے اور ہر وقت جلی کٹی سناتی رہتی ہے۔ خدایا! اس کو سمجھ دے، عقل دے تاکہ وسیع النظری اور کشادہ قلبی کی حامل ہو جائے۔"

وہ دیر تک یوں ہی گڑگڑاتا رہا، پھر اس کو یوں لگا جیسے کوئی اس کے پیچھے کھڑا ہے۔ اس نے مڑ کر جو اچانک دیکھا تو وہاں ایک آٹھ نو سالہ لڑکا کھڑا ہوا تھا۔ قاضی نے اس لڑکے کو پہچان لیا۔ یہ اسحاق تھا ازابلا کا بیٹا۔ نماز پڑھنے آگیا تھا۔ قاضی نے اسحاق کو سینے سے لگالیا اور پوچھا "بیٹے! تو یہاں کہاں؟"

اسحاق نے جواب دیا "بابا جان! میں نماز پڑھنے اکثر یہاں آجاتا ہوں۔"

قاضی کو اسحاق کا جواب بہت اچھا لگا، کہا "ہاں بیٹے! تم نماز ہرگز نہ چھوڑنا۔"

قاضی نے اسحاق کا ہاتھ پکڑ لیا اور مسجد سے باہر آگیا، پوچھا۔ "بیٹے! تو اس وقت کہاں جائے گا؟"

اسحاق نے جواب دیا "ماں کے پاس۔"

قاضی نے کہا "اچھا تب پھر چل میں بھی وہیں چل رہا ہوں۔"

قاضی اسحاق کے ساتھ ازابلا کی طرف روانہ ہو گیا۔ قاضی کو اس معصوم پر رحم آرہا تھا۔ جب وہ نانبائیوں کے محلے کے سامنے سے گزرے تو ان کی ناک میں گرم گرم روٹیوں کی خوشبو داخل ہو گئی، اور انھیں بھوک لگنے لگی۔ پن چکیوں کی آوازیں فضا میں گونج رہی تھیں۔ قاضی نے دیکھا، اسحاق کسی سوچ میں ڈوبا ہوا ہے، پوچھا "اسحاق بیٹے! کیا بات ہے؟ تو کیا سوچ رہا ہے؟"

اسحاق نے شرما کر جواب دیا "کچھ بھی نہیں، مجھے اپنی ماں یاد آرہی ہے۔"

قاضی نے اسحاق کے دائیں گال پر ہلکی سی چپت رسید کردی کہا "ماں یاد آرہی ہے، وہیں تو چل رہے ہیں ہم دونوں۔"

کچھ دیر بعد دونوں ازابلا کے در پہنچ گئے۔ قاضی نے آہستہ سے دستک دی اور جب دروازہ کھلا تو دروازے کے پیچھے ازابلا کھڑی نظر آئی۔ ازابلا کی نظر اسحاق پر جیسے ہی پڑی اس نے فرط محبت سے بیٹے کو سینے سے لگالیا۔ قاضی اسحاق سے رقابت سی محسوس کرنے لگا۔

قاضی ازابلا کے پاس ہی کھڑا تھا مگر ازابلا اس پر کسی قسم کی توجہ نہیں دے رہی تھی۔ قاضی سوچ رہا تھا کہ آخر یہ ہو کیا رہا ہے؟ جب ازابلا اپنے بیٹے کو لے کر اندر جانے لگی تو قاضی نے کہا "کیا بات ہے ازابلا! مجھ کو اندر نہیں بلاؤ گی؟"

ازابلا نے بے رخی سے جواب دیا "آپ اندر آسکتے ہیں۔"

قاضی بھی ان کے پیچھے پیچھے اندر چلا گیا۔ یہاں صحن میں انگور کی چھت کے نیچے تینوں تپائیوں پر بیٹھ گئے۔ ازابلا قاضی سے مخاطب ہی نہیں ہو رہی تھی۔ اس نے بھی اپنے بیٹے اسحاق ہی کو مخاطب کیا "آخر کب تم نے جتنا

کچھ پڑھ لیا اتنا ہی کافی ہے۔"

قاضی نے ازابلا کو ٹوک دیا۔" ازابلا! یہ آنزک نہیں اسحاق ہے۔"

ازابلا نے بحث نہیں کی، قاضی پر ایک اچٹتی سی نظر ڈال کر جواب دیا۔" نہیں، یہ اسحاق نہیں آنزک ہے۔"

قاضی نے نہایت تحمل سے کہا۔" ازابلا! شاید میں بڑا بدقسمت انسان ہوں۔"

ازابلا نے کوئی جواب نہیں دیا وہ اسحاق کو اندر لے گئی۔ قاضی باہر صحن ہی میں بیٹھا رہ گیا۔

ازابلا نے اس کو اندر لے جا کر سمجھایا۔" بیٹے آنزک! اسلامی درس گاہ میں تجھے جتنا پڑھنا تھا پڑھ لیا، اب میں تجھے مسیحی درس گاہ میں داخل کرا دوں گی۔"

قاضی یہ کہتا ہوا اندر داخل ہو گیا۔" ایسا نہیں ہوگا ازابلا! یہ مسیحی درس گاہ میں نہیں پڑھے گا۔"

ازابلا نے قاضی کو منع کیا۔" آپ خاموش رہیں، آنزک میرا بیٹا ہے۔"

قاضی نے جواب دیا۔" صرف تیرا ہی نہیں میرا بھی تو ہے!"

ازابلا نے کہا۔" پہلے تھا لیکن اب نہیں ہے، خدا کے لیے قاضی صاحب ایسی باتیں اب نہ کیجئے۔"

قاضی نے کہا۔" ازابلا! تو کہنا کیا چاہتی ہے ذرا صاف صاف بتا دے۔"

ازابلا نے جواب دیا۔" قاضی صاحب! اب آپ خداوند مسیح کے فضل سے صاحب اولاد ہو چکے ہیں، آپ کی بانجھ بیوی نے لڑکا پیدا کر دیا، جب گھر میں اپنا لڑکا موجود ہو تو کسی اور کا بیٹا لینے یا پالنے سے حاصل؟"

قاضی نے کہا۔" تو یہ خبر یہاں تک آ چکی ہے۔"

ازابلا نے کہا۔" کیوں، کیا آپ اگر ایک خبر چھپا لیں گے تو کوئی دوسرا اسے بازار میں پہنچا دے گا۔ جو بات ہونٹوں سے نکلتی ہے وہ کوٹھوں پر چڑھ جاتی ہے۔"

"میں صرف یہ جاننا چاہتا ہوں کہ تجھے میرے بچے کی ولادت کی خبر کس نے پہنچائی؟"

ازابلا نے جواب دیا۔" آپ مشہور آدمی ہیں۔ آپ کی ہر بات جلد از جلد بازاروں، محلوں، گلی کوچوں میں پھیل جاتی ہے۔" اس کے بعد وہ پھر آنزک کو سمجھانے لگی۔" بیٹے آنزک! میں اپنے آپ سے شرمندہ ہوں میں اپنی غلطی پر نادم ہوں۔ میں نے تجھ کو اسلامی درس گاہوں میں کیوں بھیج دیا۔ خداوند مسیح مجھے معاف فرمائیں، میں نے یہ کیا کر دیا تھا۔"

قاضی نے نہایت آہستہ سے کہا۔" ازابلا! میں شرمندہ ہوں کہ میں نے تیرے بیٹے کو اسلامی درس گاہ میں داخل کرا دیا تھا اور میں اس پر بھی شرمندہ ہوں کہ میں نے تجھ سے شادی کیوں کی تھی بہر حال ابھی وقت نہیں گیا۔ وقت ہے، آؤ ہم شریفوں کی طرح ایک دوسرے سے الگ ہو جائیں۔"

ازابلا بپھر کر قاضی کے سامنے آ گئی۔" قاضی صاحب! آپ نے سوچا بھی کہ آپ کیا کہہ رہے ہیں؟"

قاضی نے جواب دیا "ہاں میں نے جو کچھ کہا ہے، خوب سوچ سمجھ کر کہا ہے۔"

ازابلا روہانسی ہو گئی "اگر اس طرح اچانک یہ سلسلہ ختم ہی کرنا تھا تو جوڑا کیوں تھا؟"

قاضی نے جواب دیا "رشتہ میں نے جوڑا تھا اور اسے توڑ رہا ہوں تیری ایماء، تیری خواہش پر۔"

ازابلا نے تندو تیز لہجے میں پوچھا "میری ایماء، میری خواہش پر! وہ کس طرح؟"

قاضی نے جواب دیا "ہم دونوں میں شادی سے پہلے جو معاہدہ ہوا تھا اس میں آئزک کا مسئلہ بھی شامل تھا۔ آج تو نے اپنے طور پر مجھ سے مشورہ لیے بغیر اسے ختم کر دیا ہے، اس کو توڑ دیا ہے۔ یہ زیادتی نہیں تو اور کیا ہے؟

ازابلا نے کہا "قاضی صاحب! آپ خود سوچیں اب آپ کو آئزک کی ضرورت نہیں رہی۔"

قاضی نے پرجوش لہجے میں کہا "تجھ سے یہ کس نے کہہ دیا کہ مجھے اسحاق کی ضرورت نہیں رہی۔"

ازابلا نے کہا "آپ جذباتی ہو رہے ہیں ورنہ سیدھی سچی بات تو یہ ہے کہ اب آئزک کی وہ اہمیت نہیں رہ گئی جو پہلے تھی۔

قاضی نے جواب دیا "ازابلا! تو بات کو سمجھنے کی کوشش کر۔ اب میں ایک بچے کا باپ ہوں لیکن تجھ کو یہ نہیں معلوم کہ میں نے تم دونوں کی خاطر اپنے گھر میں کیسی جنگ لڑی ہے۔ سعدونہ مجھے تم دونوں کا طعنہ دیتی ہے اور میں اس سے بیزار ہو کر تم دونوں کے پاس چلا آتا ہوں۔ ازابلا! ذرا تو سوچ تو سہی کہ میں ان حالات میں سعدونہ اور اس کے بیٹے سے کس طرح خوش رہ سکتا ہوں میں محبت کا بھوکا ہوں ازابلا! میں پیار چاہتا ہوں اگر تم دونوں نے بھی مجھے ٹھکرا دیا تو میں پیار محبت کی تلاش میں کسی تیسری طرف نکل جاؤں گا۔"

لیکن ازابلا ذرا بھی نہیں پسیجی اس نے کہا "اگر آج آپ کے گھریلو حالات کشیدہ ہیں تو کل سدھر بھی سکتے ہیں۔ آپ ایمانداری سے سوچ کر بتائیں تو سہی کہ آپ کی اولاد کی موجودگی میں آئزک کی کیا حیثیت رہ جاتی ہے۔"

قاضی نے جواب دیا "ازابلا! حیثیت اور مقام انسانوں کے دلوں میں ہوتا ہے، اس کے بعد معاشرے میں۔ اسحاق کا مقام میرے دل میں ہے اور معاشرے میں مقام میں دلاؤں گا۔ تو کیوں فکر کرتی ہے؟"

شاید ازابلا لاجواب ہو چکی تھی، بولی "بہر حال آپ کہتے ہیں تو میں مان لوں گی لیکن صرف زبان سے۔ دل نہیں مانتا۔"

اسحاق ان دونوں کی باتیں غور سے سنتا رہا۔ اسے قاضی میں کوئی برائی نظر نہیں آتی تھی کہ اس کی ماں قاضی سے آخر کس بات پر الجھ رہی ہے!

قاضی نے کہا "تب پھر میں اسحاق کو اپنے ساتھ لے جاؤں گا میں اس کو پڑھا لکھا کے ایک لائق انسان

بنانا چاہتا ہوں۔"

ازابلا نے جواب دیا۔" مجھے جو تشویش تھی میں نے ظاہر کردی اب یہ اسحاق سے پوچھیے کہ وہ آپ کے ساتھ جائے گا یا نہیں؟"

اب قاضی اسحاق کی طرف متوجہ ہوا، بولا۔" اسحاق بیٹے! تو میرے ساتھ چلے گا؟"

اسحاق پہلے تو اپنے ماں کی طرف متوجہ ہوا، اس کے بعد ایک دم مڑ کر قاضی کو دیکھنے لگا، پوچھا "اور آپ کہاں رہیں گے قاضی چچا؟ میں آپ کو نہیں چھوڑ سکتا۔"

وہ دوڑ کر قاضی سے چمٹ گیا، ازابلا اس دردناک منظر کو نہیں دیکھ سکی، وہ سامنے سے ہٹ گئی۔

قاضی نے ازابلا کے گھر میں سارا وقت خوشگوار باتوں میں گزار دیا اور جب چلنے لگا تو اسحاق کا ہاتھ پکڑ لیا اور کہا۔" ازابلا! میں اسے لیے جا رہا ہوں۔"

ازابلا نے جواب دیا۔" اب ایسی بھی کیا جلدی! اس کو دو چار ہفتے میرے پاس رہنے دیجیے۔"

قاضی نے کہا۔" ازابلا! اس کا وقت مت ضائع کرو، یہ تیرے پاس آتا جاتا رہے گا۔"

قاضی نے اسحاق کو دوبارہ ایک درس گاہ میں داخل کرا دیا۔

قاضی اسحاق پر خصوصی توجہ دے رہا تھا مگر سعدونہ کو یہ باتیں بہت بری طرح پریشان کر رہی تھیں، اسے جب بھی موقع ملتا، قاضی سے یہی کہہ دیتی کہ ازابلا کو طلاق دے دو اور اسحاق سے دست کش ہو جاؤ مگر اب قاضی نے سعدونہ کی ان باتوں کو سننا ہی ترک کر دیا تھا۔

اسحاق اسلامی درس گاہوں میں پڑھتا رہا اور اس پر اسلامی رنگ چڑھتا رہا۔ اس نے علم حدیث، فقہ، صرف و نحو، ادب اور فلسفہ اتنی محنت سے حاصل کیا تھا کہ دوسرے لڑکے رشک و حسد میں مبتلا ہو چکے تھے۔

دوسری طرف سعدونہ کا بیٹا نصر بڑا ہو رہا تھا۔ سعدونہ قاضی سے اسی طرح پیش آتی جس طرح نصر کی پیدائش کے بعد پیش آتی تھی لیکن جب نصر پانچ چھ سال کا ہو گیا تو چالاک قاضی نے اس پر شفقتوں اور محبتوں کی بھرمار کر دی۔ نصر آہستہ آہستہ قاضی کی طرف راغب ہوتا چلا گیا۔ شروع شروع میں سعدونہ کو یہ باتیں تکلیف پہنچاتی رہیں لیکن پھر کچھ سوچ کر خاموش ہو گئی اور اس نے نصر کو اس کے حال پر چھوڑ دیا۔

نصر بھی مدرسے میں داخل ہو چکا تھا۔ نصر کو کبھی کبھی قاضی اپنی عدالت میں لے جاتا، یہاں اسحاق بھی ہوتا تھا۔ عدالت کے کارندے اسحاق کی بھی بڑی عزت کرتے تھے مگر جب نصر آنے جانے لگا تو اسحاق کی توقیر میں کمی ہونے لگی۔

اسحاق جب اپنی ماں ازابلا کے پاس جاتا تو وہ پہلا سوال یہی کرتی کہ قاضی تجھ سے کس طرح پیش آتا ہے؟ اور اسحاق پرمسرت لہجے میں جواب دیتا۔" بہت اچھی طرح۔"

ازابلا پوچھتی "اور قاضی کے کارندے ؟"

اسحاق جواب دیتا " وہ بھی میری بڑی عزت کرتے ہیں "

اس کے بعد ازابلا پوچھتی " اور وہ کیا کہتے ہیں اس کو قاضی کا بیٹا نصر، کیا وہ بھی آتا ہے ؟"

ان دنوں وہ نہیں آتا تھا، اسحاق جواب دیتا " نہیں ماں! وہ نہیں آتا "

ازابلا خوب سوچ سمجھ کر پوچھتی " قاضی کے آس پاس اٹھنے بیٹھنے والے لوگ جب تجھ کو قاضی کے پاس دیکھتے ہیں تو کیا کہتے ہیں ؟"

اسحاق جواب دیتا " وہ کہتے ہیں کہ قاضی کے بعد اس کی جگہ میں لوں گا، میں یعنی ماں! آپ کا بیٹا اسحاق "

ازابلا کا تجسس اپنی جگہ تھا وہ مزید پوچھتی " اور جب یہ باتیں قاضی سنتا ہے تو کیا کہتا ہے ؟"

اسحاق جواب دیتا " وہ کہتے ہیں بیشک میری جگہ اسحاق لے گا "

یہ ساری باتیں ازابلا کو بے انتہا خوش کر دیتیں۔ اسے بھی اب قاضی کی شرافت اور اسحاق سے بے انتہا محبت کا احساس ہو چکا تھا۔

دوسری طرف سعدونہ نے کچھ سوچ سمجھ کر اپنے بیٹے نصر کو قاضی کی عدالت میں بھیجنا شروع کر دیا تھا۔ وہ نصر کو تنہائی میں یہی سمجھاتی۔ " بیٹے نصر! تو اپنے باپ کا اکلوتا ہے، اپنے باپ کے پاس اپنا زیادہ سے زیادہ وقت گزار اور اسے اپنی محبت کا اسیر کرے "

لیکن سعدونہ یہ نہیں جانتی تھی کہ نصر اپنے باپ کو محبت کرنے پر مجبور کرے یا نہ کرے۔ اس کا باپ قاضی سعید البتہ اس کو اتنی محبت اتنی شفقت دے گا کہ نصر اس کا ہو کر رہ جائے گا۔

جب نصر نے عدالت میں پابندی سے جانا شروع کر دیا تو کارندوں اور دوستوں نے نصر کا احترام شروع کر دیا۔ جب نصر اور اسحاق دونوں ہی وہاں موجود ہوتے تو لوگ اسحاق کو نظر انداز کر دیتے اور نصر پر خصوصی توجہ دیتے۔

جب نصر گھر پہنچتا تو سعدونہ اس سے پوچھ گچھ شروع کر دیتی۔ وہ نصر سے پوچھتی " تیرے باپ کے دوست احباب اور عدالت کے کارندے تجھ سے کس طرح پیش آتے ہیں؟"

نصر جواب دیتا " بہت اچھی طرح۔ وہ سب مجھ سے بہت زیادہ محبت کرتے ہیں "

سعدونہ ٹھہر ٹھہر کر پوچھتی " وہاں اور کون کون آتا ہے ؟"

نصر جواب دیتا " بہت سارے لوگ آتے ہیں مگر کیوں ؟"

سعدونہ پوچھتی " وہاں کوئی نوعمر لڑکا اسحاق بھی آتا ہے ؟"

نصر جواب دیتا " ہاں آتا تو ہے اس کے لیے لوگ کہتے ہیں تیرا رشتے کا بھائی ہے "

سعدونہ چڑ کر کہتی " نہیں وہ تیرا بھائی نہیں ہے۔ خبردار جو تو نے اسے اپنا بھائی سمجھا "

اس کے بعد ہی سعدونہ نے نصر کو قاضی کی عدالت میں روز بھیجنا شروع کر دیا۔ وہ نصر کو خوب خوب سکھاتی پڑھاتی رہتی۔ یہاں اسحاق قاضی سے تربیت لینے لگا تھا۔ قاضی کا خیال تھا کہ جب اسحاق تعلیم سے فراغت حاصل کر لے گا تو وہ اسحاق کو ضرور اس لائق کر دے کہ اسے کہیں ملازم رکھ دیا جائے۔

قاضی سعید کو کئی بار کورۂ قرطبہ (صوبہ قرطبہ) کا دورہ کرنا پڑا تھا اور ہر بار اس کا جائزہ اتنا بھرپور اور مدلل ہوتا تھا کہ وزیر ابن ابی عامر اس پر فخر کرنے لگا تھا۔ وزیر اسے انعام واکرام سے نواز دیتا۔

وزیر منصور ابن ابی عامر نو عمر خلیفہ ہشام پر حاوی آیا ہوا تھا۔ ابن ابی عامر نے خلیفہ ہشام کو لوگوں سے دور رکھنے کے لیے ایک عجیب وغریب منصوبہ بنایا تھا۔ اس نے خلیفہ کے مدینۃ الزہرہ کے مقابلے میں اپنا مدینۃ الزہرہ تعمیر کرایا تھا اور سارا کاروبار حکمرانی اپنے اسی نئے شہر میں اٹھا لے گیا تھا۔ خلیفہ کا مدینۃ الزہرہ قرطبہ کے باہر تین میل دور شمال میں پہاڑی کے نیچے آباد کیا گیا تھا۔ اور ابن ابی عامر کا مدینۃ الزہرہ قرطبہ کے مشرق میں بسایا گیا تھا۔ ابن ابی عامر نے خلیفہ ہشام کو بس اس حد تک باقی رکھا تھا کہ خطبوں میں منبر پر اس کے لیے دعا کی جاتی تھی اور اس کا نام سکے وطراز پر لکھا جاتا تھا۔

قاضی سعید نے اسحاق کے لیے ایک بار ابن ابی عامر سے ذکر کیا تھا۔ ابن ابی عامر نے قاضی کو یہ جواب دیا تھا کہ جب میں اس کو طلب ! کروں لے آنا، پھر کچھ کروں گا۔

قاضی سعید، نصر کے ساتھ عدالت سے اٹھنے ہی والا تھا کہ ابن ابی عامر کا آدمی پہنچ گیا، اس نے کہا۔ "قاضی محترم! کل آپ وزیر محترم سے علی الصبح مل لیں۔"

قاضی بہت خوش ہوا اور اسحاق سے کہا۔ "اسحاق بیٹے! اللہ نے چاہا تو اب تو بھی کچھ ہو جائے گا۔"

یہاں قاضی کے چند دوست بھی موجود تھے، ان میں سے ایک نے قاضی کو سمجھایا۔ "دوست! اسحاق آپ کا کیا لگتا ہے؟"

قاضی نے جواب دیا۔ "بیٹا۔"

دوست نے پوچھا۔ "کیا یہ نصر کا بڑا بھائی ہے؟"

قاضی نے جواب دیا۔ "نہیں، یہ نصر کا بڑا بھائی نہیں ہے۔"

ایک دوسرے دوست نے رشتے کی وضاحت کر دی۔ "نہیں بھائی! نصر کا بھائی نہیں ہے۔ اسحاق کی ماں ایک نصرانیہ ہے اور اسحاق اس کے پہلے شوہر کا بیٹا ہے۔"

قاضی کا دوست مسکرایا اور کہا۔ "دوست! یہ آپ کیا کر رہے ہیں؟ اگر آپ وزیر ابن ابی عامر سے کام لے سکتے ہیں تو نصر کے لیے لیجئے گا ایک نصرانی کے لیے وزیر کا ذریعہ کیوں اختیار کر رہے ہیں؟"

قاضی نے اسحاق کی طرف دیکھا اس کے چہرے کا تاثر بتاتا تھا کہ وہ قاضی کے دوستوں کی باتوں سے بڑی اذیت محسوس کر رہا تھا۔

قاضی نے اپنے دوستوں کو جواب دیا۔" یہ آپ لوگ کیسی باتیں کر رہے ہیں! اسحاق میرا بیٹا ہے، میں نے اسے پڑھایا لکھایا اور اس قابل کیا کہ وزیر سے کام لیا جائے اور پھر یہ کون کہتا ہے کہ اسحاق نصرانی ہے، اسحاق مسلمان ہے۔"

اس دوست نے فلسفانہ کہا۔" اس کے اسلام کو میں نہیں مانتا، میں پھر یہی کہوں گا کہ آپ کو جو کچھ کرنا ہے نصر کے لیے کیجیے۔"

قاضی شرم سے پانی پانی ہوا جا رہا تھا، اس نے کہا۔" اچھا دوستو! تم نے بہت دل دکھالیا، اب رحم کرو اور اپنا راستہ لو، تمہارے مشوروں کا بہت بہت شکریہ۔"

دوست تو چلے گئے مگر اسحاق اور نصر کو سوچنے کے لیے بہت کچھ دے گئے۔

چونکہ دوسرے دن ابن ابی عامر کے پاس علی الصبح پہنچنا تھا اور اسحاق کو اپنے ساتھ لے جانا تھا اس لیے قاضی نے اسحاق کو اپنے ساتھ لے جانا چاہا، اس نے کہا۔" بیٹے اسحاق! آج تو میرے ساتھ میرے گھر چلے گا تاکہ کل علی الصبح تجھ کو وزیر کے پاس لے جاؤں۔"

اسحاق نے جواب دیا۔" باواجان! میں اپنی ماں کے پاس جاؤں گا۔"

قاضی نے اصرار کیا۔" لیکن کل صبح ہمیں وزیر کے پاس پہنچنا ہے۔"

اسحاق نے کہا۔" لیکن میں وزیر کے پاس نہیں جاؤں گا میرے لیے کہیں اور کوشش کر دیجیے گا۔"

قاضی سمجھ گیا کہ اسحاق ایسی باتیں کیوں کر رہا ہے، اس نے کہا۔" بیٹے! میرے دوستوں نے جو باتیں کیں ان سے میرا کوئی تعلق نہیں۔"

لیکن اسحاق مزید بات کیے بغیر ہی اپنی ماں کے پاس چلا گیا نصر نے راستے میں اپنے باپ سے پوچھا۔

" باواجان! کیا اسحاق میرا بھائی نہیں ہے؟"

قاضی نے بدمزگی سے جواب دیا۔" بھائی ہے۔"

نصر نے پھر پوچھا۔" کیا اسحاق نصرانی ہے، مسلمان نہیں ہے؟"

قاضی نے گھبرا کر جواب دیا۔" بیٹے نصر! اسحاق مسلمان ہے، نصرانی نہیں ہے۔"

نصر نے معصومیت سے پوچھا۔" باواجان! اگر وہ میرا بھائی ہے تو وہ ہمارے ساتھ کیوں نہیں رہتا۔ یہ روز کہاں چلا جاتا ہے؟"

اب قاضی لاجواب اور بے بس ہو چکا تھا۔ اس کو غصہ آگیا بولا۔" نصر! فضول باتیں نہیں کرتے۔"

اس دن قاضی نصر کو گھر چھوڑ کر ازابلا کے پاس چلا گیا۔ وہاں کی فضا حد سے زیادہ کشیدہ تھی۔ اس وقت ازابلا اور اسحاق انگور کے سائے میں بیٹھے تھے اور دونوں ہی بہت زیادہ سوگوار اور فکر مند تھے۔

ازابلا نے قاضی کو دیکھتے ہی بڑبڑانا شروع کر دیا۔" آپ کے وہ دوست کہاں چلے گئے جنھیں میرا بیٹا نصرانی

نظر آتا ہے؟"

قاضی نے خفت زدہ لہجے میں جواب دیا "ازابلا! اب اس بات کو ختم کر دے آج میرے دوستوں نے مجھے بہت زیادہ شرمندہ کر دیا۔"

اسحاق وہاں سے جانے لگا تو قاضی نے روک دیا۔ پوچھا "کہاں چلے؟"

اسحاق نے جواب دیا "میں کہیں جاؤں گا نہیں، ذرا باہر جاؤں گا اور پھر آجاؤں گا۔"

قاضی نے کچھ سوچ کر اسحاق کو باہر جانے کی اجازت دے دی۔

اسحاق کے جانے کے بعد قاضی نے کہا "ازابلا! شاید تو یقین نہیں کرے گی لیکن واقعہ یہ ہے کہ آج میرے دوستوں نے مجھے حد درجہ شرمندہ کیا ہے، ان سے مجھے ایسی امید نہیں تھی۔"

ازابلا نے کہا "جو بات آپ کے دوست کر گئے ہیں وہ ان کی اپنی بات نہیں ہے اس کے پیچھے کوئی اور ہی ذات کارفرما نظر آتی ہے لیکن آپ اس پر یقین نہیں کریں گے۔"

قاضی بہت کھسیایا ہوا تھا، بولا "آج جو کچھ بھی کہے گی، میں بے چون و چرا مان لوں گا۔"

ازابلا نے مضمحل آواز میں کہا "یہ آج جو کچھ پیش آرہا ہے، میں نے اسے بہت پہلے ہی چشم تصور میں دیکھ لیا تھا۔"

قاضی نے ترش روئی سے کہا "میں یہاں فضول نہیں آیا ہوں، ایک مقصد لے کر آیا ہوں۔"

ازابلا نے جواب دیا "میں جانتی ہوں آپ اس وقت یہاں کیوں آئے ہیں۔"

قاضی نے کہا "یہ اسحاق کہاں چلا گیا؟"

ازابلا نے جواب دیا "یہ کہیں باہر اپنے دوستوں میں ہوگا۔"

قاضی نے کہا "یہاں کے لوگ بہت ہی ملنسار نظر آتے ہیں۔"

ازابلا نے کوئی جواب نہیں دیا۔

قاضی نے پھر کہا "یہاں کے لوگ حد درجہ شریف اور سیدھے ہیں۔"

ازابلا نے جواب دیا "بہرحال مجھے ان سے کیا لینا۔۔۔"

قاضی نے بات کاٹ دی، بولا "یہ خدا گواہ ہے ازابلا! میں نے نصر اور اسحاق میں کبھی بھی فرق نہیں کیا۔"

ازابلا بہت فکرمند تھی، اٹھ کر اندر جاتے جاتے کہا "میں نے آج تک گھریلو سیاست کو کوئی اہمیت نہیں دی لیکن میں اپنے بیٹے کو تنہا اور لاوارث نہیں چھوڑ سکتی۔ میں خوب سمجھ رہی ہوں کہ باہر کیا ہو رہا ہے۔"

قاضی نے اسے سمجھانے کی کوشش کی "ازابلا! تو اندر کیا لینے جا رہی ہے یہاں بیٹھ تاکہ میں تجھے سمجھا سکوں، مطمئن کر سکوں۔"

لیکن ازابلا ایسی اندر گئی کہ دیر تک باہر نہیں نکلی۔

قاضی ایک نئی افتاد کا شکار ہو چکا تھا۔ وہ رات اس نے ازابلا ہی کے گھر گزاری۔ علی الصبح وہ اسحاق کو اس کی مرضی کے خلاف وزیر ابن ابی عامر کے پاس لے گیا۔ ابن ابی عامر کے شاندار محل کے باہر طالبان ملاقات کا بازار لگا ہوا تھا۔ اس بازار میں قاضی اور اسحاق بھی شامل تھے۔ تھوڑے تھوڑے وقفے کے بعد دو دو تین تین آدمیوں کو اندر بلایا جاتا تھا اور ابن ابی عامر سے ملوا کر رخصت کر دیا جاتا۔ کئی گھنٹے بعد جب ان دونوں کی باری آئی تو اسحاق کا دل اچاٹ ہو چکا تھا۔ اس نے قاضی سے کہا بھی کہ بابا جان! گھر واپس چلیے میرا تو دل اکتا گیا۔"

قاضی نے کہا "اسحاق! چپ رہ، یہ وزیر کا محل ہے یہاں تو انتظار کرنا ہی پڑتا ہے اپنی باری کا۔"

جب یہ دونوں وزیر کے سامنے پہنچے تو اس نے ان دونوں کی طرف نظر اٹھا کر دیکھا بھی نہیں۔ اسحاق نے وزیر کو خاصا مغرور محسوس کیا۔ وزیر جس تخت پر براجمان تھا اس پر خوبصورت کئی رنگوں کے پھولوں کا غالیچہ بچھا ہوا تھا۔ فرش پر نہایت قیمتی قالین تھا۔ ان دونوں کو وزیر کے سامنے کھڑا رکھا گیا تھا کیونکہ ابن ابی عامر اپنے ملاقاتیوں کو زیادہ دیر تک نہیں روکتا تھا۔ بغلی دیوار سے متصل میز پر خشک اور تر میوے رکھے ہوئے تھے۔ کھڑکیوں اور دیواروں کو مشجر پردوں سے چھپا دیا گیا تھا۔ دیواروں کے اوپری حصوں میں خوبصورت مینت کاری تھی یا کاشی کا کام کیا ہوا تھا۔

اچانک ابن ابی عامر کی آواز سنائی دی "قاضی سعید! ہاں اب بتاؤ تم کیا چاہتے ہو؟"

قاضی سعید نے اسحاق کی طرف اشارہ کیا "وزیر محترم! یہ اسحاق میرا بیٹا ہے اس نے فقہ، حدیث صرف و نحو اور ادب اور شاعری کی اعلیٰ تعلیم حاصل کی ہے میں چاہتا ہوں اس کو کوئی شایان شان جگہ مرحمت فرمائی جائے۔"

ابن ابی عامر نے اسحاق پر سرسری نظر ڈال کر قاضی کی طرف دیکھا۔ "یہ کس کا بیٹا ہے؟"

قاضی نے جواب دیا "میرا۔۔۔ یہ میرا بیٹا ہے۔"

ابن ابی عامر نے کہا "قاضی سعید! یہ تمہارا بیٹا کب سے ہو گیا میں نے تو سنا ہے کہ یہ نصرانی ہے، کسی نصرانیہ کا بیٹا۔"

قاضی نے جلدی جلدی صفائی پیش کی "آپ نے جو کچھ سنا، درست سنا ہے، یہ یقیناً ایک نصرانیہ کا بیٹا ہے لیکن اب وہ نصرانیہ میری بیوی ہے، اور میں نے ہی اسے پال پوس کر بڑا کیا اور تعلیم و تربیت دلوا کر اس لائق کر دیا کہ آج آپ سے اس کی ملازمت کی بات کر رہا ہوں۔"

ابن ابی عامر نے قاضی کو سرزنش کی "قاضی سعید! تم پڑھے لکھے سمجھدار آدمی ہو، کسی کے خانۂ ولدیت میں اپنا نام داخل کرا کے گناہگار مت بنو۔"

قاضی خاصا شرمسار ہو رہا تھا اور اسحاق اندر سے بالکل ٹوٹا پھوٹا جا رہا تھا۔ یہ دوسرا موقع تھا جب

اسحاق نے حد درجہ احساس کمتری محسوس کیا تھا۔ اس کا دم گھٹنے لگا تھا۔ وہ ملازمت حاصل کیے بغیر ہی یہاں سے بھاگ جانا چاہتا تھا۔ وہاں قاضی اور ابن ابی عامر میں کیا باتیں ہو رہی تھیں، وہ آگے نہیں سن سکا، ہاں اس نے یہ ضرور سنا کہ قاضی ابن ابی عامر کو یہ یقین دلا رہا تھا کہ اب اسحاق مسلمان ہے اس لیے ایک نو مسلم نوجوان کا وزیر کو خاص خیال رکھنا چاہیے۔"

اور ابن ابی عامر نے جواب دیا "قاضی سعید! تمھیں کچھ انتظار کرنا ہوگا، تھوڑا سا انتظار۔ میں اسے عنقریب غافق کا قاضی مقرر کر دوں گا۔"

اس کے بعد قاضی کا کام ختم ہو چکا تھا۔ یہ دونوں محل سے باہر آ گئے۔ قاضی خوش تھا کہ اس کا کام بن گیا تھا اور اسحاق کو عنقریب غافق کا قاضی مقرر کر دیا جائے گا۔ مگر اسحاق کے دل و دماغ پر چند الفاظ ہتھوڑے کی ضربیں لگا رہے تھے۔ اسحاق ناصری ہے نصرانیہ کا بیٹا۔ قاضی اس کا کچھ بھی نہیں۔

قاضی نے اس کو عدالت لے جانا چاہا مگر اسحاق اپنے گھر چلا گیا۔ وہاں اس کی ماں ازابلا اس کا بے چینی سے انتظار کر رہی تھی۔ جب چپ چپ اداس اور فکر مند اسحاق گھر میں داخل ہوا تو ازابلا نے بڑی بے چینی سے پوچھا "کیا ہوا؟ کام بنا یا نہیں؟"

اسحاق نے اپنی ماں کو اس طرح دیکھا گویا وہ اسے پہچاننے کی کوشش کر رہا ہو۔ ازابلا اس کی نظروں کی تاب نہ لا سکی، بولی "آئزک بچے بتا بات کیا ہے؟ کیا ہوا! وزیر نے کیا کہا؟"

اسحاق نے بیزاری سے جواب دیا "میں یہ تو بعد میں بتاؤں گا کہ وزیر نے کیا کہا، آپ پہلے مجھے یہ بتائیں کہ میں آئزک ہوں یا اسحاق؟"

ازابلا اس سوال سے چکرا گئی، بولی "آئزک اور اسحاق میں کوئی فرق نہیں، دونوں ہی ایک ہیں۔ ہم عیسائی آئزک کہتے ہیں اور مسلمان اسے اسحاق کہتے ہیں۔"

اسحاق نے پھر بیزاری سے سوال کیا "ماں! میں یہ جاننا چاہتا ہوں کہ میں آئزک ہوں یا اسحاق؟"

ازابلا نے جواب دیا "بیٹے! میں نے کہہ دیا کہ تو آئزک بھی ہے اور اسحاق بھی۔"

اسحاق چیخ کر بولا "لیکن ماں میں دونوں ہی کس طرح ہو سکتا ہوں مجھے ایک ہی رہنے دیں، آئزک یا اسحاق۔ باہر لوگ مجھے نصرانیہ کا بیٹا کہتے ہیں، کوئی نصرانی کہتا ہے لیکن قاضی مجھے اپنا بیٹا کہتا ہے اور لوگ اس رشتے کو نہیں مانتے۔ ماں! بتایئے میں اب کیا کروں؟"

ازابلا نے جواب دیا "تو لوگوں کی کیوں پروا کرتا ہے، تو قاضی کی بات مان کیونکہ وہی تیرا سب کچھ ہے۔"

اسحاق نے کہا "ماں! یہ غلط ہے، قاضی میرا کچھ بھی نہیں۔ وہ اپنے رشتے کا کتنا ہی اعلان کرے لیکن لوگوں کی نظر میں میں نصرانی اور نصرانیہ کا بیٹا ہی رہوں گا۔"

ازابلا نے ایک بار پھر اسے سمجھانے کی کوشش کی "بیٹے! لوگ حسد سے باتیں بناتے ہیں، تو اپنے کام سے کام رکھو۔ جب تو قاضی بن کر عماق چلا جائے گا تو باتیں بنانے والوں سے خود بخود تیرا پیچھا چھوٹ جائے گا۔"

اسحاق نے جواب دیا "ماں! آپ نے ایک مسلمان سے شادی کر کے اچھا نہیں کیا۔ میں نے اسلامی درسگاہوں سے تعلیم حاصل کی اور مسلمانوں میں رہ کر مسلمانوں جیسا ہو گیا لیکن یہ حقیقت ہے کہ میرا باپ عیسائی تھا اور میری ماں اب بھی عیسائی ہے۔ میں نے اسلام کبھی بھی قبول نہیں کیا لیکن مسلمان کہلاتا ہوں میں کیا ہوں، میری سمجھ میں کچھ بھی نہیں آتا۔"

ازابلا ان جملوں کی تاب نہ لا سکی، بیٹے کو سینے سے لگا لیا، اور اپنی مجبوریاں گنا ئیں "بیٹے! میں مجبور تھی۔ میں تجھ کو پڑھا لکھا کر بڑا آدمی بنانا چاہتی تھی اور یہاں اسلامی درس گاہوں سے پڑھ کر ہی انسان بڑا آدمی بن سکتا ہے۔"

اسحاق نے بڑے کرب سے کہا "اور اس کوشش میں میں بڑا انسان نہیں۔ گھٹیا انسان بن کر رہ گیا۔"

ازابلا نے اپنے چہرے کو رومال سے چھپا لیا اور روتی ہوئی دوڑ کر کمرے میں چلی گئی۔ وہ کمرے میں بچھے ہوئے قالین پر اوندھے منہ گر کر سسکیاں لے کر رونے لگی۔ اسحاق کچھ دیر تو اس حرکت پر غور کرتا رہا۔ اور جب کچھ سمجھ میں نہیں آیا تو باہر نکل گیا۔

اسحاق نے قاضی کے پاس آنا جانا بالکل ترک کر دیا۔ قاضی کو اسحاق سے محبت ہو گئی تھی اس لیے وہ دو دن برداشت کرتے تیسرے دن اس کے گھر پہنچ گیا۔ اس وقت اسحاق گھر ہی میں موجود تھا لیکن قاضی کو گھر میں داخل ہوتے دیکھ کر کہیں چلا گیا۔ ازابلا تو پہلے ہی سے بھری بیٹھی تھی، چنانچہ قاضی نے جیسے ہی اس سے یہ پوچھا "ازابلا! یہ کئی دنوں سے اسحاق میرے پاس کیوں نہیں آ رہا؟"

ازابلا نے جواب دیا "ایک نصرانی اور نصرانیہ کے بیٹے کا باپ کے پاس کیا کام؟"

قاضی نے کہا "دیکھو ازابلا! یہ جو کچھ ہوا ہے یا ہو رہا ہے میں مجبور ہوں، میں اسحاق کو اپنا بیٹا سمجھتا ہوں اور ہمیشہ سمجھتا رہوں گا تو اسحاق کو سمجھا کہ جذباتی نہ بنے، جذباتی لوگ بڑی ناکام زندگی گزارتے ہیں۔"

ازابلا نے جواب دیا "اب میں اس سے کچھ بھی نہیں کہہ سکتی" وہ روہانسی ہو گئی، آنکھیں بھیگ گئیں اور ہونٹ تھرتھرانے لگے۔ "وہ مجھ سے کہتا ہے کہ ماں تم نے ایک مسلمان سے شادی کیوں کی، بتلایئے میں اس کا کیا جواب دوں۔"

قاضی نے کہا "اسحاق ہے کہاں، اسے بلوا تو سہی۔ میں کوشش کروں گا کہ اس کے گلے شکوے دور کر دوں میں نے سعدونہ کو ہموار کر لیا ہے اور میرا بیٹا نصر بھی اس کو اپنا بڑا بھائی سمجھتا ہے، میں اس کے دل و دماغ سے احساس کمتری اور خیال محرومی دور کرنے کی کوشش کروں گا۔"

ازابلا نے اپنے آنسوؤں کو انگلیوں پر لے لیا اور انھیں جھٹک کر بولی "وہ آپ کو دیکھتے ہی باہر چلا گیا۔ اس کو میں کہاں تلاش کروں گی۔"

قاضی نے جواب دیا "بہر حال میں جاتا ہوں اور اس کو تلاش کر کے لاتا ہوں۔"

وہ اسحاق کو دیر تک تلاش کرتا رہا آخر اسے جامع قرطبہ کے سامنے پکڑ لیا۔ قاضی نے اس کے شانے پر ہاتھ رکھ دیا "بیٹے مجھے مت دیکھنا بیٹے!"

قاضی نے اسحاق کو جب بھی سمجھانے کی کوشش کی۔ اسحاق اور زیادہ برہم ہوگیا، بولا "اب آپ مجھے میرے حال پر چھوڑ دیں۔"

قاضی نے نہایت بردباری سے سمجھانا شروع کیا "بیٹے! مجھ سے ناراض۔۔۔"

اسحاق نے جواب "میں کسی سے بھی ناراض نہیں اور نہ ہی مجھے کسی سے شکایت ہے، مجھے تو اپنی قسمت سے شکایت ہے اور بس۔ کسی سے بھی نہیں۔"

قاضی ان دونوں کے لیے انگور لایا تھا در مالقہ کا انجیر بھی۔ ربی "بخدا مالقہ کے ربی کا کوئی جواب نہیں۔" قاضی نے یہ پھل اسحاق کے سامنے رکھ دیے۔ اندلس والے مالقہ کے مشہور زمانہ انجیر کو ربی کہتے تھے۔

اسحاق کو قاضی پر رحم آ رہا تھا، جب قاضی اس کو ڈھونڈتا ہوا جامع قرطبہ تک پہنچا تھا تو اسحاق کے دل پر اس کا بڑا اثر ہوا تھا اور اب جو قاضی نے ازابلا اور اسحاق کے سامنے انگور اور انجیر رکھ دیے تو وہ بالکل ہی پسیج گیا، بالکل ہی نرم پڑ گیا۔ اسحاق نے انگور اور انجیر کھانا شروع کر دیے۔ ازابلا نے جو یہ منظر دیکھا تو اسے اپنی آنکھوں پر یقین نہیں آیا خود بھی اپنے بیٹے کے ساتھ کھانے لگی۔

کچھ دیر بعد قاضی نے اسحاق سے پوچھا "بیٹے اسحاق! کیا بات ہے تو تین دن سے کہاں غائب ہے!"

اسحاق نے جواب دیا "آپ یہ سوال نہ کریں تو بہتر ہے۔"

قاضی نے کہا "میں یہ سوال تجھ سے ضرور کروں گا۔ بیٹے! تو نہیں جانتا کہ میں تیری خاطر کہاں کہاں اور کس کس سے لڑتا پھر رہا ہوں، تو میرا بیٹا ہے میں تجھ کو کس طرح چھوڑ سکتا ہوں۔"

اسحاق نے برا سا منہ بنایا، بولا "میں آپ کا بیٹا نہیں ہوں، میں نصرانی ہوں، ایک نصرانیہ کا بیٹا خدا کے لیے آپ میرے خانۂ الوت میں اپنا نام لکھ کر گنہگار نہ ہوں۔"

قاضی نے اپنی بات جاری رکھی "اسحاق! میں نے تیری خاطر صرف تیری خاطر اپنی بیوی سعدونہ کو چھوڑ دیا۔ اب وہ تجھ سے نفرت نہیں کرے گی اور اب میں تجھ کو اپنے اس گھر میں بھی رکھ سکوں گا۔ نصر تجھ کو اپنا بڑا بھائی سمجھے گا اور میں تجھ کو غافق کا قاضی بنا دوں گا۔"

اسحاق کو قاضی پر رحم آ رہا تھا۔ وہ کچھ دیر کھڑا قاضی کی شکل دیکھتا رہا، پھر وہ فرط جوش سے چمٹ گیا۔ قاضی نے اسے انتہائی گرم جوشی سے بھینچ لیا۔ ازابلا نے یہ منظر دیکھا تو خود بھی جذبات سے بے قابو ہو گئی۔

قاضی اسحاق کی پشت تھپتھپا رہا تھا اور کہہ رہا تھا "بیٹے اسحاق! جب تک میں زندہ اور موجود ہوں، تجھ کو شرمندہ یا ذلیل نہیں ہونے دوں گا۔ تو میرا بیٹا ہے خدا کے لیے تو بھی میرا خیال رکھ اور میرا دل نہ دکھا۔"

قاضی اس دن اسحاق کو اپنے گھر لے گیا۔ حالانکہ ازابلا نے اس کی مخالفت کی اور قاضی کو الگ سے جا کر سمجھایا "فی الحال ایسا نہ کیجیے کیونکہ سعدونہ کا کوئی بھروسہ نہیں، وہ نصر کے مقابلے میں اسحاق کو کس طرح برداشت کرے گی؟"

قاضی نے جواب دیا "ازابلا! سعدونہ کو میں نے سمجھا دیا ہے کہ اس کا بیٹا نصر بھی ایک نہ ایک دن پڑھ لکھ کر کوئی بڑا مقام حاصل کرے گا۔ اگر سعدونہ اسحاق کو بھی اپنا بیٹا مان لے تو اس کو دو بیٹے مل جائیں گے۔ شاید میری یہ باتیں سعدونہ کی سمجھ میں آگئی ہیں۔"

ازابلا نے کہا "ممکن ہے سعدونہ بدل گئی ہو لیکن مجھے یقین نہیں آتا۔"

قاضی اسحاق کو لے کر سعدونہ کے پاس چلا گیا۔ اسحاق اس گھر میں پہلی بار داخل ہوا تھا۔ سعدونہ نے اسحاق کو اور اسحاق نے سعدونہ کو بہت غور سے دیکھا۔ نصر اور اسحاق پہلے ہی سے ایک دوسرے سے واقف تھے۔

سعدونہ اسحاق کو دیکھ کر مسکرائی "تو یہ ہیں وہ صاحبزادے جو کچھ دنوں میں غافق کے قاضی بن جائیں گے۔ خوب!"

اسحاق نے سعدونہ کو سلام کیا مگر سعدونہ نے جواب نہیں دیا، اور ایک دوسرے کمرے میں چلی گئی۔

قاضی کھیا رہا تھا۔ اس نے اسحاق کو بٹھا دیا اور خود سعدونہ کے کمرے میں پہنچ گیا۔ بولا "سعدونہ! تو نے اسحاق کے سلام کا جواب نہ دے کر بڑا ظلم کیا ہے تجھ کو ایسا نہیں کرنا تھا۔"

سعدونہ نے جواب دیا "میں مجبور ہوں۔ میں نے یہ سوچ کر اس نوجوان کو قبول کر لیا تھا کہ چند دنوں بعد یہ غافق و فعان ہو جائے گا لیکن جب یہ سامنے آیا تو یہ احساس مجھے تکلیف پہنچانے لگا کہ اسحاق ایک نصرانی ماں کا بیٹا ہے۔"

قاضی نے اس کے منہ پر ہاتھ رکھ دیا "عورت! زبان کو قابو میں رکھ۔ مجھے شرمندہ کرانے کے کیوں در پے ہے؟"

سعدونہ نے اپنے منہ پر سے قاضی کا ہاتھ ہٹانے کی کوشش کی، اور بولی "میرا منہ کیوں دبا رہے ہیں آپ! کیا آپ اس نوجوان کی خاطر میرا گلا گھونٹنا چاہتے ہیں؟"

قاضی نے اس کے منہ پر سے ہاتھ ہٹایا اور کہا "سعدونہ! میں اس کو بڑی مشکل سے لایا ہوں۔ میں تجھ سے وعدہ کرتا ہوں کہ تیری یا تیرے بیٹے کی حق تلفی نہیں ہوگی۔ سعدونہ! تو شفیق ماں بن جا اس میں ہم سب کا بھلا ہے۔"

سعدونہ نے مسکرا کر جواب دیا "اچھا بابا اچھا۔ آپ اپنے مہمان کے پاس جائیں، کچھ دیر بعد میں بھی آجاؤں گی۔"

قاضی کی جان میں جان آئی اور سعدونہ ایک بار پھر اسحاق کے کمرے میں پہنچ گئی۔ دونوں ایک دوسرے کے سامنے بیٹھ تو گئے تھے مگر دونوں میں بات ایک بھی نہیں کر رہا تھا۔

قاضی کسی ضرورت سے باہر چلا گیا تو سعدونہ نے اسحاق سے انتہائی رازداری سے باتیں شروع کر دیں۔

"اسحاق! تیرا یہ نام کس نے رکھا؟"

اسحاق نے جواب دیا "مجھے پتہ نہیں یہ نام کس نے رکھا تھا۔ ویسے میری ماں مجھے آئزک کہتی ہے اور میں خود اپنے آپ کو اسحاق سمجھتا ہوں۔"

سعدونہ نے کہا "احمق نوجوان! تیری ماں تجھے آئزک کہتی ہے تو صحیح کہتی ہے، مجھے معلوم ہوا ہے کہ تیرا باپ نصرانی تھا اور تیری ماں اب بھی آج بھی نصرانیہ ہے تجھ کو اپنا آبائی دین نہیں چھوڑنا چاہیے۔"

اسحاق کا دم الجھنے لگا۔ اس نے ادھر ادھر دیکھ کر راہ فرار اختیار کرنا چاہی مگر سعدونہ اس کا ارادہ بھانپ گئی، بولی "یہ تو ادھر ادھر کیا دیکھ رہا ہے کیا تو سمجھتا ہے کہ تو اس گھر سے کچھ کھائے پیئے بغیر ہی چلا جائیگا! نہیں ایسا نہیں ہوگا۔"

اس کے بعد اس نے اسحاق کو میوے دیے اور ایک دم میٹھی میٹھی باتیں کرنے لگی۔

اسحاق کی سمجھ میں یہ بات نہیں آرہی تھی کہ سعدونہ کبھی تو اپنی باتوں سے اسحاق کا دل جلانے لگتی ہے اور کسی لمحے جلے ہوئے زخمی دل پر میٹھی میٹھی باتوں کا مرہم رکھنے لگتی ہے

دیر بعد جب قاضی گھر واپس آیا اور اسحاق کو کھانے پیتے دیکھا تو بہت خوش ہوا اور سعدونہ کا شکریہ ادا کیا، بولا "سعدونہ! مجھ کو تجھ سے ایسی ہی امید تھی، خدا تجھے اس کا اجر دے۔"

اسحاق اس گھر میں متواتر کئی دن رہا اور ان کئی دنوں میں کبھی تو وہ سعدونہ کی باتوں سے خوش ہو جاتا اور کبھی اس کا دل رونے لگتا۔

قاضی پھولا نہیں سمار ہا تھا اس نے اسحاق سے کہا "دیکھا! میں نہ کہتا تھا کہ میری بیوی ہیرا ہے۔ صاف کھری اور کھردری مگر دل کی بہت اچھی ہے۔"

اسحاق نے جواب دیا "ہاں وہ بہت اچھی ہیں لیکن ہر وقت اور ہمیشہ نہیں۔ بس کبھی کبھی۔"

قاضی نے چونک کر پوچھا "یعنی، کیا مطلب!"

اسحاق نے جواب "بابا جان! ہر کوئی آپ جیسا نہیں ہو سکتا۔"

قاضی اسحاق کے پیچھے پڑ گیا، پھر پوچھا "نہیں بیٹے! تم مجھ سے کچھ چھپاؤ نہیں۔ بات کیا ہوئی؟"

اسحاق نے بات ٹالنی چاہی، بولا "بات تو کوئی نہیں ہوئی لیکن میں خوب جانتا ہوں کہ کسی اور کا آپ جیسا ہونا ناممکن ہے۔"

اب قاضی کی جان میں جان آئی، مسکرا کر بولا "تو نے میرا دل ہی دہلا دیا تھا۔"

اسحاق خاموش ہوگیا۔

قاضی کو وزیر ابن ابی عامر کے فرمان کا بڑی بے چینی سے انتظار تھا لیکن وہ پندرہ دن گزر جانے کے بعد بھی نہیں پہنچا۔ اب ازابلا اس پر طنز کرنے لگی تھی۔ وہ قاضی کو چھیڑنے کی خاطر کہتی "وہ فرمان کیا ہوا؟ ابھی تک تو آیا نہیں، شاید وزیر بھول گیا۔"

قاضی نے نظر بھر کے ان دونوں کو دیکھا اور پوچھا "کیا بات ہے یہ ڈرتے ڈرتے . . ."

ازابلا نے جواب دیا "محترم قاضی سعید صاحب! آپ وزیر کے رقعہ کا کب تک انتظار کریں گے؟"

قاضی نے جواب دیا "ازابلا! میں درباری آداب سے واقف ہوں اس لیے میں وزیر کو مجبور تو نہیں کرسکتا کہ وہ میری مرضی اور میرے فرمانے پر ہمیں رقعہ لکھ دے۔"

اسحاق کو قاضی کی طرفداری مقصود تھی، کہا "ماں! آپ نے وزیر کا دربار نہیں دیکھا۔ وہاں طالع آزماؤں کا بازار لگتا ہے۔ اب آپ ہی بتائیں کہ وزیر کا کام اتنی آسانی سے کیونکر ہوسکتا ہے؟"

قاضی نے دونوں ہی کو جواب دیا "ازابلا! کوئی خاص وجہ ہوگی جو ابھی تک وزیر کا رقعہ نہیں ملا" پھر اسحاق کو جواب دیا "بیٹے اسحاق! جن کے رتبے ہیں سوا ان کو سوا مشکل ہے لیکن وزیر موصوف ہمیں ٹال نہیں سکتے انھیں ایک نہ ایک دن رقعہ بھیجنا ہی پڑے گا۔"

ماں ازابلا اپنے بیٹے سے مارے ڈر کے ابھی تک یہ نہیں پوچھ سکی تھی کہ بیٹے! اسحاق! تیری سوتیلی ماں سعدونہ تجھ سے کس طرح پیش آئی؟

اسحاق نے جواب دیا "بہت اچھی طرح۔ ایسا لگتا ہے کہ وہ خود بہت اچھی ہیں ورنہ۔۔۔"

ازابلا نے گھبرا کر پوچھا "ورنہ۔ ورنہ کیا؟"

اس نے جواب دیا "ورنہ یہ کہ میں وہاں کا آنا جانا ہی ترک کر دیتا۔"

اب اس خاندان میں ہنسی لوٹ آئی تھی۔ رونقیں دوبارہ مل گئی تھیں۔ قاضی، ازابلا اور اسحاق ہر کوئی خوش تھا قاضی مطمئن ہو کر سعدونہ کے پاس چلا گیا۔ اب اسحاق بھی معمول پر آیا ہوا تھا۔

کئی دن بعد نصر اچانک بیمار پڑ گیا۔ اسے بخار آگیا تھا۔ یہ بخار ملانا کے ساتھ بڑھتا رہا۔ قرطبہ کا لائق ترین طبیب ابن بیطار نصر کا علاج کر رہا تھا۔ قاضی پر جیسے سکرات کا عالم طاری تھا۔ وہ ہر وقت نصر کے پاس موجود رہتا۔ نصر کمزور ہوتا جا رہا تھا۔ اس کمزوری میں دست کا سلسلہ شروع ہوگیا۔ ابن بیطار کی دوائیں بیکار ہوتی چلی گئیں۔ سعدونہ اپنے کمزور بچے سے ایک پل کے لیے بھی جدا نہ ہوتی۔ اسہالوں نے اس کے معدے کو بری طرح متاثر کیا تھا۔ وہ جو کچھ بھی کھاتا قے یا اسہال سے نکل جاتا۔ جسم کا پانی کم ہوتا جا رہا تھا۔ نصر کے چہرے پر جھریاں پڑ گئی تھیں اور آنکھیں حلقوں میں گھس گئی تھیں۔

اسحاق بھی بھاگ دوڑ میں مدد کرنے لگا۔ اس مصیبت کے عالم میں قاضی نے ازابلا کو مشورہ دیا کہ وہ

سعدونہ سے مل لے تاکہ دونوں کے تعلقات استوار ہو جائیں۔ ازابلا کو تامل تھا کیونکہ اسے شبہ تھا کہ شاید سعدونہ کا دل اس طرح بھی صاف نہ ہو۔ لیکن انسانی ہمدردی نے ازابلا کو سعدونہ کے در پر پہنچا دیا۔ شام کا جھٹ پٹا تھا۔ ازابلا نے ہلکا عنابی لباس پہن رکھا تھا اور سر کے بال گلابی رومال سے باندھ لیے اور انگوری رنگ کی شال دونوں شانوں سے گزار کر سینے پر ایک کانٹے سے پھنسا کر روک رکھی تھی، اسحاق اس کے ساتھ تھا۔

قاضی کو ان دونوں کی آمد کا علم تھا۔ وہ ان دونوں کا انتظار کر رہا تھا۔ جیسے ہی ان دونوں نے قاضی کی حویلی میں قدم رکھے اس نے سعدونہ کو مطلع کیا "سعدونہ! ازابلا نصر کو دیکھنے آ رہی ہے، دیکھو کوئی ایسی بات نہ ہو کہ آئے ہوئے مہمان کی دل آزاری ہو۔"

سعدونہ نے کوئی جواب نہیں دیا بدستور بیٹھی رہی۔ لیکن اس کی نظریں اس راہ پر جمی تھیں جدھر سے ازابلا آ رہی تھی پھر جیسے ہی ازابلا کی جھلک دکھائی دی، سعدونہ کھڑی ہو گئی اور کچھ دور چل کر ازابلا کا استقبال کیا، بولی "اچھا ہوا تم آ گئیں۔ مجھے تمہارا ہی انتظار تھا۔"

ازابلا نے سعدونہ کا ہاتھ اپنے ہاتھ میں لے لیا، بولی "میں بھی آپ سے ملنا چاہتی تھی لیکن کوئی تقریب بہر ملاقات سمجھ میں نہیں آ رہی تھی۔"

سعدونہ نے ہنس کر طنز کیا "لیجئے اب تو تقریب بہر ملاقات اچھی ہاتھ آ گئی۔ شاید تم انتظار کر رہی تھیں کہ میرا بیٹا نصر بیمار ہو اور تم اسے دیکھنے کے بہانے اس حویلی میں بھی داخل ہو جاؤ۔"

قاضی نے دور ہی سے کہا "سعدونہ! میں نے تجھ سے کیا کہا تھا؟"

ازابلا نے سعدونہ کا ہاتھ چھوڑ دیا، بولی "میں نے آپ کی حویلی میں رسماً قدم رکھا ہے میں یہاں زیادہ دیر نہیں رکوں گی۔" اس کے بعد وہ بیمار و نزار نصر پر جھک گئی۔ پوچھا "بیٹے نصر! کیسے ہو اب؟"

کمزور نصر نے ادھ کھلی آنکھوں سے ازابلا کی طرف دیکھا اور نقاہت سے آنکھیں بند کر لیں۔

ازابلا نے قاضی سے پوچھا "اس کو آپ کھلا کیا رہے ہیں؟"

قاضی نے جواب دیا "جب یہ کچھ ہضم ہی نہیں کر سکتا تو یہ کھائے گا کیا! اور۔۔۔"

سعدونہ ان کی باتیں سنتی رہی اور نصر کی نبضیں دیکھتی رہی۔ پھر اچانک چیخی "طبیب کو جلد از جلد بلائیے ورنہ میرا پلا پلایا بچہ ہمارے ہاتھ سے گیا۔"

ازابلا نے بھی نصر کی نبضیں دیکھیں اور کہا "نصر بہت کمزور ہو چکا ہے آپ اس کو انار کا عرق پلائیں، تھوڑی دیر۔ پھر دیکھئے گا کہ کیسا چاق و چوبند نظر آنے لگا۔"

ازابلا نے کسی کا انتظار بھی نہیں کیا پوچھا "گھر میں انار ہیں؟"

قاضی نے جواب دیا "ہیں۔ بہت سارے ہیں۔"

ازابلا نے کہا "تب پھر لائیے انار۔ میں خود انار کا عرق نکال کر پلاؤں گی۔"

قاضی انار ازابلا کو دے کر طبیب ابن بیطار کے پاس چلا گیا۔ ازابلا انار کا عرق نکالنے لگی اور پھر ہر پانچ سات منٹ بعد ازابلا نے نصر کو انار کا عرق پلانا شروع کر دیا۔ اس سے نصر کی طبیعت میں بڑا فرق پڑا۔

سعدونہ یہ سب ہوتا دیکھتی رہی۔ اسحاق نصر کے سرہانے بیٹھا ہی دل میں اس کی صحت یابی کی دعا مانگ رہا تھا۔

قاضی طبیب کو لے کر آیا اس نے نصر کو خوب اچھی طرح دیکھ کر چند دوائیں تجویز کیں ان دواؤں کو قاضی خدمت گاروں سے منگوا سکتا تھا۔ مگر اپنے بیٹے نصر کا کام وہ خود کر رہا تھا۔

چار دن اور چار راتیں بہت دکھ اور مصیبت میں گزریں۔ آخر نصر کی طبیعت سنبھلنے لگی۔ ازابلا بہت خوش تھی کہ اس کی محنت ٹھکانے لگی تھی۔ اسحاق بہت خوش تھا لیکن سعدونہ اب بھی فکرمند نظر آ رہی تھی۔

نصر کی طرف سے مطمئن ہونے کے بعد قاضی نے اپنی ذمہ داریاں سنبھالیں اور عدالتی امور میں مشغول ہو گیا۔ اسحاق بھی اس کے ساتھ چلا گیا۔ حویلی میں سعدونہ، ازابلا اور نصر رہ گئے۔ اب ازابلا کا کام ختم ہو چکا تھا وہ اپنے گھر واپس جانا چاہتی تھی۔ بستر پر نصر لیٹا ہوا تھا اور اس کے دائیں طرف اس کی ماں سعدونہ بیٹھی تھی، اور بائیں جانب ازابلا۔ ازابلا بہت خوش تھی مگر سعدونہ کسی گہری سوچ میں ڈوبی ہوئی تھی۔

ازابلا نے کہا: "اگر آپ اجازت دیں تو میں گھر چلی جاؤں؟"

سعدونہ نے خشک لب و لہجے میں جواب دیا: "ازابلا! تم اس گھر میں نہ تو میری اجازت سے آئی تھیں اور نہ ہی مجھ سے اجازت لے کر جاؤ گی۔ جس طرح چپ چاپ آئی تھیں اسی طرح چپ چاپ اپنی مرضی سے واپس جا سکتی ہو۔"

ازابلا ہکا بکا سعدونہ کی شکل دیکھنے لگی۔

سعدونہ کی نظروں سے قہر ٹپک رہا تھا۔ مزید بولی: "تم نصر کی بیماری میں کیوں آئی تھیں میں خوب جانتی ہوں لیکن ازابلا تم یہ کبھی نہ بھولنا کہ میں کوئی بے وقوف عورت نہیں ہوں میں سب سمجھتی ہوں۔"

ازابلا نے نہایت مہذب پیرایہ اختیار کیا۔ بولی: "میں آپ کا مطلب نہیں سمجھی، آپ کہنا کیا چاہتی ہیں؟"

سعدونہ نے جواب دیا: "میں کہنا یہ چاہتی ہوں کہ میں قاضی سعید کی جائز بیوی ہوں تو نے میرے شوہر سے چپ چاپ شادی کر کے اچھا نہیں کیا۔"

ازابلا کے دل پر چوٹ سی لگی۔ اس کی سمجھ میں نہیں آتا تھا کہ سعدونہ کو کیا جواب دے۔ اس نے کہا: "پلیز نصر کے سامنے ایسی باتیں نہ کیجیے۔"

سعدونہ بھڑک کر کھڑی ہو گئی: "شاید تو نہیں جانتی کہ میرا بیٹا نصر بے حد حساس ہے اس کی بیماری کا سبب بھی تو ہی ہے، تو اور تیرا بیٹا اسحاق۔ میں نے تجھ کو چند دن حویلی میں اس لیے برداشت کر لیا کہ

میرا شوہر بھی یہاں ہر وقت موجود رہتا تھا۔ اور میں اس سے محبت بھی کرتی ہوں اور احترام بھی۔"

سعدونہ نے جواب دیا "آپ اپنے دل سے یہ غلط فہمی دور کر دیں کہ آپ کے شوہر سے میں نے چپ چاپ شادی کر لی۔ پہل ان کی طرف سے ہوئی تھی اور یہ جو کچھ بھی ہوا، اس کی بیشتر ذمہ داری آپ کے شوہر قاضی سعید کے سر ہے۔"

سعدونہ نے کہا "خیر، یہ فضول بحث ہمارے کس کام کی! اب تم اس حویلی میں آ ہی گئی ہو تو میں چاہتی ہوں کام کی باتیں بھی ہو جائیں۔"

ازابلا نے اتنی بد اخلاق اور سرپھری عورت پہلے کبھی نہیں دیکھی تھی، آہستہ سے بولی "کہیئے کام کی باتیں میں سننے کے لیے تیار ہوں۔"

اب سعدونہ کا قہر و غضب دور ہو چکا تھا، اب وہ مسکرا رہی تھی، کھڑی ہوتی ہوئی بولی "یہ یوں نہیں میں یوں باتیں نہیں کروں گی پہلے تم بیٹھ جاؤ، پھر باتیں بھی ہو جائیں گی۔"

ازابلا نے سعدونہ کو سر سے پاؤں تک دیکھا۔ اس کو سعدونہ کی صحیح الدماغی پر شبہ ہونے لگا۔

ازابلا کو کھڑا دیکھ کر سعدونہ نے اصرار کیا "ازابلا! پہلے بیٹھ جاؤ پھر بات کروں گی۔"

ازابلا نے جواب دیا "آپ بات کریں میں کھڑے کھڑے بھی باتیں کر سکتی ہوں۔"

سعدونہ نے آگے بڑھ کر ازابلا کا ہاتھ پکڑ لیا اور مسہری پر زبردستی بٹھا دیا۔ ازابلا اس عورت کو سمجھنے سے قاصر تھی۔

سعدونہ نے رک رک کر کہنا شروع کیا "ازابلا! میرے شوہر نے جب تم سے شادی کی تھی، میں اولاد سے محروم تھی لیکن اب خدا کے فضل سے میری گود بھر چکی ہے۔ تمہاری جیسی قماش کی عورتوں کے لیے مردوں کی کوئی کمی نہیں، تم میرے شوہر کو چھوڑ کر اس سے بھی اچھے کسی دوسرے صاحب حیثیت مرد کو پکڑ سکتی ہو، اس کے بعد وہ نصر کو دیکھنے لگی "یہ میرا بیٹا نصر مجھ سے اکثر تیرے اسحاق کی بابت طرح طرح کے سوالات کرتا رہتا ہے میں اس کا کوئی جواب نہیں دے سکتی۔"

ازابلا نے کہا "آپ بات مختصر کریں، آپ مجھ سے چاہتی کیا ہیں؟"

سعدونہ نے جواب دیا "یہ کہ میرے شوہر سے الگ ہو جاؤ تم میرے شوہر کا پیچھا چھوڑ دو اور اپنے بیٹے اسحاق سے کہو کہ وہ اپنے فرضی اور نخواہ مخواہ کے باپ سے کہیں دور چلا جائے۔"

ازابلا کو رونا آ رہا تھا، بولی "آپ فکر مند نہ ہوں، آپ جو چاہتی ہیں وہی ہوگا۔"

سعدونہ کے چہرے پر تازگی دوڑ گئی، بولی "میرا انداز غلط نہیں تھا۔ میں تو تمہارا چہرہ دیکھ کر ہی سمجھ گئی تھی کہ تم مجھ سے تعاون کرو گی اور میں اپنا دلی مدعا حاصل کر لوں گی۔"

ازابلا نے بڑے کرب سے کہا "آپ کو اور کیا کہنا ہے، جلدی جلدی کہہ دیجیے تاکہ میں چلی جاؤں۔"

سعدونہ نے جواب دیا "میں مزید یہ کہنا چاہتی ہوں کہ تم میرے شوہر کا پیچھا چھوڑ دو، اپنے بیٹے اسحاق سے کہو کہ وہ بھی کنارہ کشی اختیار کر لے اور قرطبہ چھوڑ کر کہیں اور چلا جائے" اچانک ایک بار پھر وہ جذباتی ہو گئی، بولی "اور اگر تم یہ سمجھتی ہو کہ آسانی سے میرے شوہر کو پھانسنے کے بعد اس حویلی کو بھی حاصل کر لو گی تو یہ بہت مشکل ہے جب تک میں زندہ ہوں، تم کیا، تم جیسی کوئی بھی عورت اس حویلی میں قدم نہیں رکھ سکتی۔ میں اسے قتل کر سکتی ہوں، میں اسے ۔ ۔ ۔"

ازابلا کا اس فضول اور نیم پاگل عورت سے باتیں کرنا بے کار تھا وہ کھڑی ہو گئی، بولی "آئندہ میں یہاں نہیں آؤں گی، کبھی بھی نہیں، مجھے افسوس ہے کہ میری وجہ سے آپ کو تکلیف پہنچی۔"

سعدونہ اپنے مقصد میں کامیاب ہو چکی تھی۔

ازابلا تیزی سے اٹھی، نصر کی پیشانی چومی اور باہر نکل گئی۔

قاضی کو عدالت میں دیر لگ گئی اس لیے گھر کا ضروری سامان اسحاق کے ذریعے بھیج دیا۔ وہ جیسے ہی حویلی میں داخل ہوا، اس کی نظریں اپنی ماں کو تلاش کرنے لگیں۔ سعدونہ نے اس سے سامان لے لیا اور پوچھا "یہ تو ٹکر ٹکر ادھر ادھر کیوں دیکھ رہا ہے؟"

اسحاق نے شرمندگی سے سر جھکا لیا، پوچھا "میری والدہ کہاں ہیں؟"

سعدونہ نے جواب دیا "تیری ماں اپنے گھر چلی گئی!"

اسحاق نے اس کا جواب دہرا دیا "میری ماں اپنے گھر چلی گئی! لیکن انھوں نے صبح تو نہیں بتایا تھا کہ آج وہ اپنے گھر چلی جائیں گی"

سعدونہ نے بے رخی اختیار کی "لڑکے! تیری ماں تو آج بھی اپنے گھر جانے سے گریز کر رہی تھی لیکن جب میں نے اس سے صاف صاف کہہ دیا کہ بہت دن مزے کر لیے اس حویلی میں تو وہ چلی گئی"

اسحاق کو اس عورت پر غصہ آ رہا تھا۔ بولا "اگر آپ نے یہی کہا ہے جو ابھی دہرا رہی تھیں تو آپ نے میری ماں پر ظلم کیا، میری ماں پر بڑی زیادتی کی، آپ کو ایسا نہیں کرنا تھا"

سعدونہ پھر گرم ہو گئی "لڑکے! ایک بات جو میں نے تیری ماں سے بھی کہہ دی، تجھ سے بھی کہہ رہی ہوں میرا بیٹا بڑا حساس، اور جذباتی ہے، اب وہ سن شعور کو پہنچ رہا ہے طبیب ابن بیطار کا خیال ہے کہ نصر اس لیے بیمار پڑ گیا کہ اسے تیرا اس حویلی اور اپنے خاندان میں ناجائز حیثیت کا علم ہو گیا ہے وہ اپنے باپ کی محبت میں تیرا حصہ برداشت نہیں کر سکتا"

اسحاق کے دل و دماغ پر ضربیں لگتی رہیں اور وہ ضبط و برداشت سے کام لیتا رہا۔ وہ اپنی حیثیت اور مقام کا جائزہ لیتا رہا اور آخر کار اس نتیجے پر پہنچا کہ وہ اپنا دفاع نہیں کر سکتا۔

اس نے دور سے قاضی سعید کو آتے دیکھا تو اس کا دل بھر آیا۔ سعدونہ نے بھی قاضی کو آتے دیکھ لیا

وہ نہیں چاہتی تھی کہ وہ اسحاق اور از بلا سے جس قسم کی باتیں کر چکی ہے اس کے شوہر کے علم میں آجائیں اس نے جلدی سے اسحاق کو سمجھایا "اسحاق! بات کو بڑھانے سے کوئی فائدہ نہیں ہوگا اب تو جاسکتا ہے۔"

اسحاق جانے لگا تو قاضی نے اسے روک لیا۔ مگر اسحاق پھر بھی نہیں رکا اور آگے بڑھ گیا۔ قاضی کو اس کی جسارت پر غصہ آگیا۔ اس نے لپک کر اسحاق کو شانوں سے پکڑ لیا "کیا تو نے سنا نہیں کہ میں نے تجھے روکا تھا؟"

اسحاق نے جواب دیا "باواجان! میری ماں یہاں سے جا چکی ہے اور وہ ہدایت کر گئی ہے کہ مجھے فوراً اس کے پاس بھیج دیا جائے۔"

قاضی نے حیرت سے پوچھا "کیا تیری ماں چلی گئی؟"

اسحاق نے جواب دیا "ہاں، وہ چلی گئی۔"

قاضی نے افسوس کا اظہار کیا "تم دونوں نے میرے بیٹے نصر کے لیے جو کچھ کیا ہے آج میں تم دونوں کی موجودگی میں کا اعتراف کرنا چاہتا تھا، تیری ماں نے جانے میں بڑی جلدی کی، خیر۔ دو چار دن بعد میں تم دونوں کو بطور خاص بلواؤں گا۔"

اسحاق نے کہا "باواجان! اس کی کوئی ضرورت نہیں اب مجھے اجازت دیجئے۔"

قاضی نے اسے اپنے بیٹے نصر کے بستر کی طرف دھکیلتے ہوئے کہا "اسحاق! یہ تو آج کیسی باتیں کر رہا ہے؟" اس کے بعد اپنی بیوی سعدونہ سے کہا "سعدونہ! تو دیکھ رہی ہے میں اسے روک رہا ہوں اور یہ بھاگا چلا جا رہا ہے جب کہ اس کی ماں بتائے بغیر ہی چلی گئی۔"

سعدونہ نے جواب دیا "اگر یہ نہیں رک رہا تو اسے جانے دیں۔"

لیکن عین اس وقت جب قاضی اسحاق کو شانوں سے پکڑ کر زبردستی نصر کے بستر تک لے آیا تھا نصر نے اپنے باپ سے ایک غیر متوقع سوال کر دیا، پوچھا "باواجان! آپ میرے باوا ہیں یا اس کے؟"

قاضی اس سوال کے لیے تیار نہیں تھا، اس نے بوکھلا کر جواب دیا "تم دونوں کا۔"

نصر نے کہا "لیکن لوگ تو یہ کہتے ہیں کہ آپ صرف میرے باوا ہیں اور بھائی اسحاق کا باپ کوئی عیسائی تھا۔"

قاضی پریشان ہو گیا، اس نے نصر کو ڈانٹ دیا "نصر! تجھ کو ان بے ہودہ اور فضول باتوں میں نہیں پڑنا چاہیے اسحاق تیرا بھائی ہے۔"

لیکن نصر بھی کسی کا پکا کیا ہوا تھا، ضدی لہجے میں کہا "باوا! آپ کسی ایک کے باپ نہیں۔ بھائی اسحاق کے، یا صرف میرے۔ میں اپنے باپ کے حصے بخرے نہیں برداشت کر سکتا۔"

قاضی کی وحشتوں میں اضافہ ہوتا جا رہا تھا، سختی سے پوچھا۔ "نصر! یہ تو کیسی باتیں کر رہا ہے آج! تجھے یہ سبق کس نے پڑھایا؟ تجھے یہ ساری باتیں کس نے سکھائیں؟ اس کے بعد وہ سعدونہ کی طرف دیکھنے لگا، سعدونہ وہاں سے ہٹ گئی۔

اسحاق شرم و ندامت سے زمین میں گڑا جا رہا تھا۔

نصر نے پہلے سے تند و تیز لہجے میں کہا۔ "بابا جان! میں مر جاؤں گا میں پھر بیمار پڑ جاؤں گا۔ میں پھر بیمار پڑ جاؤں گا۔ آپ یا تو صرف میرے بابا رہیں گے، یا پھر صرف بھائی اسحاق کے ایک ہی وقت میں دونوں کے نہیں۔"

اسحاق نے آہستہ سے کہا۔ "آپ مجھے جانے دیں، کیونکہ ان حالات میں میرا یہاں سے چلا جانا ہی اچھا ہے۔"

قاضی بے دست و پا ہو چکا تھا، شکست خوردہ لہجے میں بولا۔ "تو جا سکتا ہے۔"

جب اسحاق جانے لگا تو نصر نے کہا۔ "بھائی اسحاق! اب آپ یہاں نہ آیئے گا کیونکہ آپ کے آنے سے میری ماں کو تکلیف پہنچتی ہے۔"

اب قاضی کی سمجھ میں سب کچھ آ چکا تھا۔ اسحاق چلا گیا اور قاضی جھنجھلایا ہوا سعدونہ کی تلاش میں ادھر ادھر پھرنے لگا۔ سعدونہ ایک کمرے میں بیٹھی اپنے کپڑے درست کر رہی تھی۔ قاضی جاتے ہی برس پڑا، بولا۔ "سعدونہ! یہ تو نے نصر کے دل و دماغ میں کیا بھر دیا ہے ازابلا اور اسحاق کے خلاف۔"

سعدونہ نے جواب دیا۔ "میں نے ازابلا یا اسحاق کے خلاف کچھ بھی نہیں کہا تھا۔ نصر نے جو کچھ بھی کہا ہوگا وہ اس کے اپنے ذاتی احساسات اور خیالات ہوں گے۔"

قاضی چیخنے لگا۔ "نصر اس قسم کی باتیں نہیں کر سکتا۔ سعدونہ! سچ بتا، ازابلا اور اسحاق نے نصر کی کتنی تیمارداری کی، کم از کم اسی کا خیال کیا ہوتا۔"

سعدونہ نے جواب دیا۔ "اگر آپ ازابلا اور اسحاق کی تیمارداری کی بابت مجھ سے کچھ سننا ہی چاہتے ہیں تو سنیئے، وہ دونوں میرے بیٹے کی تیمارداری یا خدمت کی غرض سے اس حویلی میں نہیں آئے تھے بلکہ ان دونوں نے اس طرح چالاکی سے میری حویلی میں داخلے کا راستہ نکالا تھا۔ وہ ہمیں یہاں سے بے دخل کرنا چاہتے تھے لیکن میرے بیٹے نے انہیں ناکام بنا دیا۔"

قاضی نے چیخ کر کہا۔ "ایسا نہیں تھا سعدونہ! ایسا بالکل نہیں تھا۔ وہ دونوں بہت زیادہ شریف ہیں۔"

سعدونہ بھی گرم ہو گئی، بولی۔ "اگر وہ شریف ہوتے تو ہماری زندگیوں میں نہ داخل ہوتے میں جانتی ہوں ان دونوں کی شرافت کو۔"

قاضی سر پکڑ کے بیٹھ گیا۔ بولا۔ "سعدونہ! تو ان دونوں کو ذرا بھی نہیں جانتی۔ اگر تو یہ سمجھتی ہے کہ

تو اس طرح ان دونوں کو بے یارو مددگار کر دے گی تو یہ تیرا خیال خام ہوگا۔ میں ان دونوں کو بے سہارا نہیں چھوڑ سکتا۔"

سعدونہ نے پوچھا۔"تو کیا آپ ان دونوں کو اس حویلی میں لے آئیں گے؟"

قاضی نے کہا۔"اگر اس کی ضرورت محسوس ہوئی تو میں ایسا بھی کر سکتا ہوں۔"

اس دوران بیمار نصر بھی قاضی کے پیچھے آکر کھڑا ہو گیا، اس نے پوچھا۔" باواجان! کیا آپ ان دونوں کو اس حویلی میں لے آئیں گے؟"

قاضی نے گھبرا کر نصر کو دیکھا اور کہا۔"نصر! تو ابھی پوری طرح صحت یاب نہیں ہوا تو اپنے بستر پر جا اور ان فضول باتوں میں نہ پڑ۔"

لیکن نصر اپنی جگہ ڈٹا رہا۔ اس نے پھر اپنا سوال دہرایا۔" باواجان! آپ صرف اتنا بتا دیجئے کہ کیا آپ ان دونوں کو مستقلاً اس حویلی میں لے آئیں گے؟"

قاضی نے جواب دیا۔" بیٹے نصر! اگر میں نے یہ محسوس کیا کہ وہ دونوں شریف ماں بیٹے تیری وجہ سے اس حویلی میں تیرے قریب رہنے کے خواہش مند ہیں تو میں ان کی یہ خواہش ضرور پوری کر دوں گا۔"

نصر نے جواب دیا۔" لیکن باواجان! وہ دونوں اس حویلی میں نہیں آئیں گے، اگر آئیں گے تو میں پھر بیمار پڑ جاؤں گا۔"

قاضی ہوا کا رخ بدلا ہوا دیکھ کر سہم گیا۔ جو کام سعدونہ یا کسی اور کے بس کا نہیں تھا، نصر نے انجام دے دیا تھا۔ اس نے نصر کا دل رکھنے کے لیے جواب دیا۔" بیٹے! اگر تو ان دونوں کے لیے یہ نہیں چاہتا کہ اس حویلی میں آ بسیں تو میں نہیں آنے دوں گا۔"

سعدونہ دور کھڑی اپنی کامیابی پر مسکرا رہی تھی، جو کام وہ نہیں کر سکتی تھی اپنے بیٹے نصر کے ذریعے انجام دے دیا تھا۔

اسحاق سیدھا اپنی ماں ازابلا کے پاس پہنچا، وہ کافی دیر تک رونے کی وجہ سے نڈھال سی ہو رہی تھی اس کی آنکھیں سرخ اور پپوٹے بھاری ہو رہے تھے۔ اسحاق خود بھی بہت افسردہ تھا۔

ازابلا نے اسے دیکھتے ہی مشورہ دیا۔" آئزک! میں قرطبہ چھوڑ دینا چاہتی ہوں۔"

اسحاق نے کہا۔" ماں! آپ مجھے آئزک نہ کہا کریں۔ میں اسحاق ہوں۔"

ازابلا نے اسحاق کے دونوں ہاتھ اپنے ہاتھوں میں لے لیے اور انہیں وقفے وقفے سے دبانے لگی۔" بیٹے! تیرا باپ مسیحی تھا، اسی لیے میں تجھے آئزک کہتی ہوں۔"

اسحاق نے بیزاری سے ماں کے دونوں ہاتھ جھٹک دیے۔" ماں اب ان فضول باتوں کا وقت نہیں رہا۔ میں اسحاق ہوں، میں نے اسلامی فقہ، حدیث، صرف و نحو اور ادب و شاعری کا درس لیا ہے۔

یہ علوم میری روح تک میں بس گئے ہیں۔ میں نے جامع قرطبہ میں برسوں پانچ وقت کی نمازیں ادا کی ہیں میں نے رمضان کے روزے رکھے ہیں اور عیدین کی نمازیں پڑھی ہیں۔ میں مسلمان ہوں ماں!"

ازابلا پھوٹ پھوٹ کر رونے لگی "قاضی سعید۔ تم نے میرے ساتھ دھوکا کیا ہے۔"

اسحاق نے کہا "ماں! میں آپ کو یہ بتانے آیا ہوں کہ اب میں یہاں قرطبہ میں نہیں رہوں گا۔"

ازابلا نے گھبرا کر پوچھا "پھر کہاں رہے گا؟ وزیر ابن ابی عامر تجھے نائب قاضی بنانے والا ہے۔"

اسحاق نے جواب دیا "میں وزیر ابن ابی عامر کی عطا کردہ ملازمت نہیں کروں گا۔ میں قرطبہ سے دور چلا جانا چاہتا ہوں۔"

ازابلا نے مایوسی سے پوچھا "میرا کیا بنے گا؟ میں کہاں رہوں گی؟"

اسحاق نے جواب دیا "پتہ نہیں آپ کا کیا بنے گا۔ جب تک میں زندہ رہا تو ملاقات دوبارہ ہو جائے گی ورنہ معاف کر دیجئے گا اور میں کوشش کر کے...."

ازابلا نے اس کی بات کاٹ دی۔ بولی "میں تجھ کو کہیں بھی نہیں جانے دوں گی۔ اپنے پاس رکھوں گی۔"

اسحاق نے بڑی بے رحمی کا مظاہرہ کیا۔ بولا "ماں! ان باتوں میں کیا رکھا ہے۔ یہ میری شرافت اور نیک نفسی تھی جو میں نے آپ کو بتا دیا کہ میں یہاں سے جا رہا ہوں۔ میں چاہتا تو چپ چاپ چلا جاتا اور کسی کو کانوں کان خبر تک نہ ہوتی۔"

ازابلا اسے روکتی ہی رہ گئی مگر اسحاق نہیں رکا۔

قرطبہ سے نکل کر وہ اندلس کے انتہائی جنوبی صوبے مالقہ روانہ ہو گیا۔ اس نے مالقہ کا انتخاب اس لیے کیا تھا کہ یہ صوبہ اور شہر قرطبہ سے قریب ہونے کے باوجود کوہستانی تھا۔ وہ شمالی حصے سے مالقہ میں داخل ہوا۔ یہ حصہ ہموار اور میدانی تھا۔ اسحاق نے یہ سفر ایک گدھے پر کیا۔ وہ سرسبز اور شاداب حصوں سے گزرتا ہوا مشرقی کوہستانی سلسلے میں داخل ہوا۔ اس کوہستانی سلسلے میں سمندری ساحل پر مالقہ شہر آباد تھا۔ اسحاق نے قاضی سعید سے وقتاً فوقتاً جو کچھ حاصل کیا تھا وہ اس کو پس انداز کرتا رہا تھا اور اب وہی اس کے کام آ رہا تھا۔ اس نے جگہ جگہ مقامی رہنماؤں کی خدمات حاصل کیں اور جب وہ مالقہ شہر میں داخل ہوا تو اس کی خوشی کی انتہا نہ رہی۔ شاید یہ قرطبہ سے زیادہ حسین شہر تھا۔ چھوٹا مگر صد درجہ سرسبز و شاداب۔ انگوروں کی بیلوں نے جگہ جگہ سائبان سے تان رکھے تھے۔ یہاں شاہ بلوط اور کاک کے جنگلات تھے۔ یہاں انجیر کی بھی کثرت تھی اور مقامی لوگ اسے ریّہ کہتے تھے۔

اسحاق مالقہ کی سرائے میں ٹھہر گیا۔ یہاں پورے اندلس اور افریقہ کے لوگ قیام کرتے تھے۔ ان دنوں بھی افریقہ اور بالائی اندلس کے لوگ اس سرائے میں ٹھہرے ہوئے تھے۔ اسحاق نے ان میں اپنے آپ کو سیاح ظاہر کیا جو جنوبی اندلس کی سیر کرنے نکلا تھا۔ وہ جس کمرے میں ٹھہرا تھا وہ کمرے سے زیادہ حجرہ معلوم ہوتا

تھا۔ وہ کئی دن تک اس حجرے میں منہ چھپائے روتا رہا۔ یہاں اس کو قرطبہ، ماں از ابلا، قاضی اور دوسرے کئی لوگ بہت یاد آئے۔

کئی دن بعد اس نے یہ فیصلہ کیا کہ وہ یہاں کہیں ملازمت کرے گا۔ یہاں بھی مسلمان کا بڑا اثر ورسوخ تھا وہ کئی دن تک ملازمت کی تلاش میں ادھر ادھر مارا مارا پھرتا رہا مگر ملازمت نہیں ملی۔ یہاں کے امراء اور ان کے دربار میں بھی سفارشوں کا زور تھا۔ یہاں عیسائی بھی آباد تھے اور یہودی بھی۔ یہودیوں کی حالت عیسائیوں سے بہتر تھی۔ یہودیوں نے انجیر کے باغ لگا رکھے تھے۔

وہ انجیر اور سنگتروں کے باغات میں لوگوں کو کام کرتے دیکھتا رہا۔ پھر ایک دن اس نے ایک قافلے کو انجیر کے ایک باغ کے باہر قیام کرتے دیکھا۔ یہاں خود رو درختوں کا ایک جھنڈ تھا جو دور تک پھیلا ہوا تھا۔ اس قافلے نے کلہاڑیوں اور خنجروں کی مدد سے درختوں کے جھنڈ کا درمیانی حصہ صاف کیا اور وہاں اپنے خیمے نصب کر دیے اور پھر یہاں ان خیموں میں یہ خاندان آباد ہو گیا۔ اسحاق کو ان کا یہ طریقہ آبادکاری بہت اچھا لگا۔ تقریباً پچیس تیس خیموں میں ڈیڑھ دو سو افراد سما گئے تھے۔ ان کے بچوں نے میدان میں نکل کر کھیلنا شروع کر دیا۔ درختوں سے الگنیاں باندھ دی گئیں اور ان پر کپڑے لٹکا دیے گئے۔ جگہ جگہ زمینوں پر چولھے بنائے گئے اور ان سے دھواں اٹھنے لگا۔

وہ دیر تک اس نئی بستی کا نظارہ کرتا رہا اس کے بعد وہ انجیر کے باغ میں چلا گیا۔ باغ کے کنارے ایک چھوٹا سا مکان بنا ہوا تھا۔ اس دو کمرے کے مکان میں باغ کے مالک کا نوکر رہتا تھا۔ اسحاق نے مکان کے در پر دستک دی۔ اندر سے ایک چالیس پینتالیس سال کا ادھیڑ عمر نکلا، اس نے پوچھا "کیا بات ہے کس سے ملنا ہے؟"

اسحاق نے جواب دیا "جناب والا! میں ایک پڑھا لکھا انسان ہوں چند ماہ کے لیے آپ کے شہر مالقہ آ گیا۔ اگر آپ اپنے باغ میں مجھے ملازم رکھ لیں تو میں آپ کا شکر گزار ہوں گا اور میں یہاں چند ماہ عزت آبرو سے قیام بھی کر سکوں گا۔"

باغ کے نگران نے اسحاق کو سر سے پاؤں تک بغور دیکھا اور پوچھا "یہاں تو رہتا کہاں ہے؟"

اسحاق نے جلدی جلدی جواب دیا "سرائے میں۔ کیونکہ مالقہ میں میں اجنبی ہوں۔"

باغ کے نگران نے کہا "بھائی! ہم لوگ اپنے باغات میں کام لیتے ہیں تو ایک ایک دو دو آدمیوں کو نہیں رکھتے بلکہ پورے پورے خاندان سے معاملہ کر لیتے ہیں۔ یہاں ہمارے کئی باغ ہیں اور ہم نے باغ کے باہر والے خاندان سے معاملہ کر لیا ہے ان کے کچھ آدمی اس باغ میں کام کریں گے اور کچھ ہمارے دوسرے باغ میں۔ تم اگر چاہو تو ان لوگوں سے معاملہ کر لو اور ان لوگوں کے ساتھ مل جل کر کام کر لو۔"

اسحاق خیموں کی بستی میں چلا گیا اور پوچھتے پوچھتے اس خاندان کے سربراہ تک پہنچ گیا۔ یہ شخص پچپن،

ساٹھ کا رہا ہوگا۔ اس کا خیمہ دوسرے خیموں سے شاندار تھا۔ خیمے کی دیواروں پر آلاتِ حرب سجے ہوئے تھے اور بالکل سامنے ناک کی سیدھ پر چاندی کی صلیب نصب تھی اور صلیب کے نیچے حضرت مریم کی تصویر تھی جس میں آپ اپنے بیٹے مسیح کو اٹھائے ہوئے تھیں۔ اسحاق نے ان علامتوں سے سمجھ لیا کہ یہ خاندان مسیحی ہے۔

بوڑھے سردار نے پوچھا "تو کون ہے اور یہاں کیوں آیا ہے؟"

اسحاق نے جواب دیا "میرا نام اسحاق ہے لیکن میری ماں مجھے آئزک کہتی ہے۔ اس شہر میں نووارد ہوں اور آپ کے ساتھ انجیر کے باغ میں کام کرنا چاہتا ہوں۔"

بوڑھے نے پوچھا "تو مسلمان ہے یا یہودی؟"

اسحاق نے جواب دیا "مسلمان!"

بوڑھے نے مسکرا کر کہا "جب تو مسلمان ہے تو پڑھا لکھا بھی ہوگا؟"

اسحاق نے خیمے کا در کھلتے اور ایک لڑکی کو اندر داخل ہوتے دیکھا۔ اس نے بھی اسحاق کو دیکھا تو ذرا جھجکی اور سردار کے پاس ہی بیٹھ گئی۔ سردار نے پھر اپنا سوال دہرایا "تو تو نے بتایا نہیں کہ تو پڑھا لکھا بھی ہے یا نہیں؟"

اسحاق نے جواب دیا "میں نے بہت کچھ پڑھا ہے۔"

سردار نے کہا "تب پھر باغ میں کام کر کے اپنی مٹی کیوں پلید کرے گا۔ جا کسی دربار سے وابستہ ہو جا۔"

اسحاق نے جواب دیا "سردار! میں تنہا ہوں۔ یہاں مجھے کوئی نہیں جانتا۔" لڑکی دزدیدہ نظروں سے اسحاق کو دیکھ رہی تھی۔

سردار نے پوچھا "تو رہتا کہاں ہے؟"

اس نے جواب دیا "یہاں کی سرائے میں۔"

سردار کو اس نوجوان پر رحم آگیا۔ اس نے مشورہ دیا "تو سرائے میں کب تک رہے گا یہیں آجا۔ تیرا کوئی خاندان؟"

اسحاق نے جواب دیا "میری صرف ایک ماں ہے ازا بلا۔ وہ مسیحی ہے۔"

لڑکی چونک پڑی۔ سردار سے پہلے بولی "تیری ماں مسیحی ہے اور تو خود؟"

سردار نے لڑکی کے سر پر ہاتھ پھیرا۔ اسحاق کی طرف سے جواب دیا "یہ خود مسلمان ہے۔" پھر اسحاق سے کہا "نوجوان! یہ میری بیٹی ماریہ ہے، شوخ و شریر لیکن میری چہیتی۔"

ماریہ جلدی جلدی پلکیں جھپکانے لگی، باپ سے پوچھا "جب اس کی ماں مسیحی ہے تو یہ خود مسلمان

کیوں ہے؟"

سردار نے ماریہ کو ترش لب و لہجے میں سمجھایا "ماریہ! کسی کے ذاتی معاملوں کی چھان بین سے فائدہ؟ پھر وہ شکوہ کرنے لگا "نوجوان! امید ہے کہ تو برا نہیں مانے گا۔ ہمارے ملک پر کافروں نے بزورِ شمشیر قبضہ کر لیا ہے اور ہم مقامی لوگ ان کی نوکریاں کر کے ذلیل و خوار ہو رہے ہیں۔ خود مجھے دیکھو دی جان کارلو! اپنے قبیلے کا سردار، ہم کا نغ قوم کے لوگ یہاں کے اصلی باشندے ہیں یہ قسمت کی ستم ظریفی نہیں تو اور کیا ہے کہ گھر کے حقیقی مالک غاصبوں اور ڈاکوؤں کی چاکری کریں"

ماریہ نے اپنے باپ کو سمجھانے کی کوشش کی "بابا! آپ جانتے ہیں کہ یہ مسلمانوں کو برا بھلا کہہ کر اسے شرمندہ کیوں کر رہے ہیں؟"

اسحاق نے کہا "لیکن میں برا نہیں مان رہا جس کا دل دکھتا ہے ایسی ہی باتیں کرتا ہے"

سردار دی جان کارلو نے کہا "اچھا اب تو جا سکتا ہے اور سر لٹکے سے یہیں آ جا" پھر ماریہ سے کہا "اگر یہ میری عدم موجودگی میں سرائے سے یہاں آ جائے تو اس ملحقہ چھوٹا خیمہ دے دینا پھر دیکھا جائے گا"

اسحاق نے ماریہ کو دیکھا تو اس نے نظریں پھیر لیں۔ اسحاق کو اس معصوم مگر شوخ و شریر لڑکی میں نہ جانے کیا دکھائی دیا کہ وہ کچھ دیر دم بخود اسے دیکھتا ہی رہ گیا۔ ماریہ نے اس کے انہماک کے پیش نظر گھبرا کر باپ سے کہا "کیا یہ نوجوان ہمارے ساتھ رہے گا؟"

سردار دی جان کارلو نے جواب دیا "ہاں بیٹی! یہ تنہا ہے، اکیلا کہاں رہے گا کام ہمارے ساتھ۔ اس طرح اسے خاصا سکون مل جائے گا"

اسحاق نے انجیر کے باغ میں کام شروع کر دیا۔ دی جان کارلو اس پر کچھ زیادہ ہی مہربان ہو گیا تھا ماریہ کی ماں ہر روز صبح ماریہ کے ساتھ گرجا ضرور جاتی تھی۔ کتاب الدعا ماریہ کے ہاتھ میں ہوتی اور ماں پیشانی تک سر کو چھپائے جب گرجا میں داخل ہوتی تو اس کے چہرے سے تقدس نور کی طرح جھلکتا رہتا اسحاق راہ میں کھڑا ان دونوں کو جاتے ہوئے دیکھتا رہتا۔ ماریہ بھی کنکھیوں سے دیکھ کر آگے بڑھ جاتی دونوں وقت کا کھانا بھی ماریہ ہی اس کے پاس لے جاتی۔ وہ کھانا دے کر ادھر ادھر ہو جاتی اور جب برتن خالی ہو جاتے تو وہ لے کر واپس چلی جاتی۔

ایک دن ماں کسی وجہ سے گرجے میں نہیں جا سکی اور ماریہ کو اکیلے ہی جانا پڑا۔ اس نے حسب معمول اسحاق کو ایک درخت کے نیچے کھڑے دیکھا تو گھبرا گئی۔ اسحاق ہمت کر کے آگے بڑھ گیا اور پوچھا "آج ماں نہیں آئیں؟"

ماریہ نے جواب دیا "نہیں، وہ بیمار ہیں"

اسحاق نے ماریہ کے ہاتھ سے کتاب الدعا لینا چاہی، بولا "ماریہ! تو تھک جائے گی، کتاب مجھے دے

میں پہنچا دوں گا۔"

ماریہ نے اس کی پیش کش کا شکریہ ادا کیا بولی "نہیں! میں چلی جاؤں گی، تم کیوں زحمت کرو"

لیکن اسحاق نہیں مانا اور کتاب اللہ ماں کے ہاتھ سے لیکر اس کے پیچھے پیچھے چلنے لگا۔ ایک آدھ بار ماریہ نے مڑ کر دیکھا مگر بولی نہیں۔ کچھ دیر بعد ماریہ نے اسحاق سے پوچھا "یہ تم ہر روز میری راہ میں کیوں کھڑے ہو جاتے ہو؟"

اسحاق کی خوشی کی انتہا نہیں رہی۔ گھبرا کر جواب دیا "ماریہ! اب میں اس کا کیا جواب دوں تو خود بھی میرا جواب سمجھ سکتی ہے۔"

ماریہ نے جواب دیا "میرا باپ کٹر مسیحی ہے۔ اس نے انسان دوستی میں تمہیں اپنے ساتھ رکھ تو لیا ہے مگر انہیں یہ بات بالکل اچھی نہیں لگے گی کہ تم ان کی بیٹی کو تاکتے جھانکتے رہو۔"

اسحاق نے جی کڑا کر کے جواب دیا "ماریہ! میں جو کچھ کر رہا ہوں، مجھے اس کی خرابی کا احساس ہے لیکن کیا کروں۔ میں یہاں آنا نہیں چاہتا مگر پتہ نہیں مجھے یہاں کون لے آتا ہے۔"

ماریہ کو اس کی باتوں سے دیوانگی کا احساس ہونے لگا۔ وہ تیز تیز قدم اٹھاتی گرجے میں داخل ہو گئی۔ اس دن دونوں وقت کا کھانا خاندان کا ایک لڑکا لایا۔ اور ماریہ کہیں نظر ہی نہیں آئی۔ اسحاق کی بے چینی میں اضافہ ہو گیا۔ اس کو بار بار ایسا محسوس ہو رہا تھا گویا کوئی اس کے دل کو اندر سے مسل رہا ہے۔

اس نے وہ رات بڑے کرب میں گزاری اور صبح ہوتے ہی وہ گرجے کے قریب ایک درخت کے پاس کھڑا ہو گیا۔ اس نے دور سے ماریہ اور اس کی ماں کو آتے دیکھ لیا۔ ماریہ ہر روز اس کی طرف ہوتی تھی مگر اس بار ماں اس کی طرف تھی اور ماریہ دوسری طرف ماں نے اسحاق کو درخت تلے کھڑے دیکھا تو پاس پہنچ کر رک گئی۔ اور خلاف معمول اسحاق سے پوچھا "لڑکے! کیا تو وہی ہے جسے قبیلے کے سردار کی جان کا رکھو نے پناہ دی ہے؟"

اسحاق نے جواب دیا "ہاں میں وہی ہوں مادر محترم۔"

ماں نے کہا "میں کئی دنوں سے تجھے یہاں کھڑا دیکھتی ہوں، آخر کیوں؟ کیا بات ہے؟"

اسحاق گھبرا گیا، بولا "مادرِ محترم! میں آپ کے ذوق وشوق اور بے پایاں انہاک کو دیکھنے کے لیے ہر روز یہاں کھڑا ہو جاتا ہوں جی بس، اور کچھ نہیں۔"

بڑی بی لاجواب ہو کر آگے بڑھ گئیں۔

دوسرے دن حسب معمول ماریہ کھانا لے کر اس کے خیمے میں پہنچ گئی۔ اسحاق کھانا کھانے لگا۔ اس کا چہرہ کھانے کی طرف تھا، مگر دھیان ماریہ کی طرف۔ اس نے سر اٹھائے بغیر ہی سوال کیا "ماریہ

کل اور پرسوں تم کہاں تھیں ؟"

ماریہ نے جواب دیا "اپنے نہیں کہاں تھی۔ تم مجھ سے اس قسم کے سوالات نہیں کر سکتے۔"

اسحاق شرمندہ ہو کر معذرت کرنے لگا اور اس نے وعدہ کیا کہ وہ آئندہ ایسی جسارت نہیں کرے گا۔

ایک دن مغرب کے بعد سردار دی جان کارلو نے اسحاق کو اپنے خیمے میں طلب کیا۔ وہ سہم گیا اور دل ہی دل میں خیریت کی دعا مانگنے لگا۔ خیمے کے اندر چاروں کونوں پر بڑی بڑی مشعلیں روشن تھیں۔ اور بیچ میں موم بتیوں کا ہفت شاخہ روشن تھا اور اس کے نیچے زمین فرش پر دی جان کارلو بیٹھا تھا۔

اسحاق اس سے کچھ دور کھڑا ہو گیا۔ دی جان کارلو نے اسحاق کو اپنے پاس ہی بیٹھا لیا اور پوچھا "ہاں تو تو نے ایک دن بتایا تھا کہ تیری ماں مسیحی ہے اور وہ تجھے آئزک کہہ کر مخاطب کرتی ہے۔"

اسحاق نے جواب دیا "ہاں میں نے یہ کہا تو تھا، اور اب بھی یہی کہوں گا۔"

سرداری جان کارلو نے کچھ سوچتے ہوئے پوچھا۔ تو تیری ماں مسیحی ہے ؟"

اسحاق نے کہا "ہاں میری ماں مسیحی ہے۔"

سردار نے کہا "پھر تو مسلمان کیوں ہے ؟"

اسحاق کو اپنی ماں کی پوری داستان سنانی پڑی، آخر میں کہا "میں نے مسلم درسگاہوں سے تعلیم حاصل کی اور قاضی سعید کی زیر تربیت رہا، اس لیے مسلمان ہوں۔"

سردار دی جان کارلو نے کہا "کیا تو نے مسلمانوں کا کلمہ پڑھا تھا؟"

اسحاق نے جواب دیا "نہیں۔"

سردار دی جان کارلو کے چہرے پر مسکراہٹ پھیلنے لگی۔ اس نے اسحاق کی پشت تھپتھپائی اور کہا "تب پھر تو مسلمان کیونکر ہو گیا، تو اب بھی مسیحی ہے۔ خداوند یسوع مسیح ہم سب کے نجات دہندہ ہیں اور انہی کے حکم پر تو ہمارے پاس آیا ہے۔ کل سے تو چرچ جائے گا اور اپنے دل سے یہ خیال خام نکال دے گا کہ تو مسلمان ہے۔"

اسحاق اس اچانک حیرت انگیز فیصلے سے پریشان ہو کر دیکھنے لگا، اس نے محسوس کیا، اس کے آس پاس لوگ چھپے ہوئے دونوں کی باتیں سن رہے ہیں۔ اسحاق نے کہا "لیکن میں مسلمان ہوں اور مسیحیت کے بارے میں کچھ بھی نہیں جانتا۔"

سردار دی جان کارلو کھڑا ہو گیا اور اس کا ہاتھ پکڑ کر خیمے کے باہر لے گیا، بولا "تو میرے ساتھ اسی وقت چرچ چل وہاں مقدس باپ سے مشورہ لے کر صورتِ حال واضح ہو جائے گی۔"

دل نہ چاہنے کے باوجود اسحاق کو اس وقت چرچ جانا پڑ گیا۔ سردار دی جان کارلو نے مقدس باپ کو اسحاق کی روداد سنادی اور کہا: "مقدس باپ! جب اس نوجوان نے تبدیل مذہب کا اعلان ہی نہیں کیا اور اس نے مسلمانوں کا کلمہ ہی نہیں پڑھا پھر یہ مسلمان کیونکر ہو گیا؟"

دبلے پتلے مقدس باپ کے سامنے اپنی نوعیت کا واحد اور منفرد مقدمہ پیش ہوا تھا۔ انھوں نے اس معاملے پر اچھی طرح غور و خوض کے بعد اعلان کر دیا: "سردار دی جان کارلو صحیح کہتا ہے۔ میرے بچے! تو اب بھی مسیحی ہے۔ مسیحی باپ اور مسیحی ماں کا بیٹا مسیحی۔ خداوند مسیح کی مہربانیاں تیرے شامل حال ہیں۔"

اسحاق نے کمزور آواز میں کہا: "لیکن میں یہ کیسے مان لوں کہ میں مسلمان نہیں ہوں؟"

مقدس باپ نے جواب دیا: "میرے بچے! تیرا معاملہ انتہائی سیدھا سادا ہے۔ تو جا اور فکر نہ کر یسوع مسیح نے چاہا تو سب کچھ ٹھیک ہو جائے گا اور تو صمیم قلب سے مسیحی ہونے کا اقرار کر لے گا۔"

بات ختم ہو چکی تھی۔ سردار دی جان کارلو اپنے خاندان میں واپس گیا اور اس نے سب کو یہ خوشخبری سنائی کہ اسحاق مسلمان نہیں مسیحی ہے۔

ماریہ چھپتی چھپاتی اس کے پاس آئی۔ وہ بہت شرما رہی تھی، مگر ہنسی تھی کہ ہونٹوں سے ابل رہی تھی، اس نے پوچھا: "کیا تم سچ مچ مسیحی ہو؟"

اسحاق نے جواب دیا: "شاید، لیکن مجھے یقین نہیں آرہا۔"

ماریہ نے کہا: "تم صمیم قلب سے اپنے مسیحی ہونے کا اعلان کر دو۔ اس کے بعد میرا خاندان تمھیں اپنے سر پر بٹھائے گا۔"

اسحاق نے کہا: "ماریہ! مجھے سوچنے دے، خوب اچھی طرح سوچ لینے دے۔"

اس کے بعد سردار دی جان کارلو کے خاندان نے اسحاق کی بڑی عزت کی اور ہر شخص اس پر اپنی جان چھڑکنے لگا۔

اب ماریہ بھی اس کے پاس آنے جانے اور اٹھنے بیٹھنے لگی۔ وہ اسحاق پر زور دیتی کہ وہ اس کے ساتھ چرچ چلا کرے، مگر اسحاق کو اس میں تامل تھا۔ جب ماریہ نے اپنے باپ سے کہا کہ اسحاق اس کے ساتھ چرچ نہیں جاتا تو اس نے ماریہ کو سمجھایا: "دیکھو! ابھی اس پر دباؤ نہیں ڈالنا۔ وہ بچپن سے مسلمانوں کی صحبت میں رہا ہے، پہلے اس اثر کو زائل ہو جانے دو، پھر یہ خود بخود چرچ جانے لگا۔"

اب ماریہ اس کے پاس بیٹھ کر گھنٹوں باتیں کرتی رہتی، اسحاق بھی اس باتوں میں گم ہو جاتا اور وقت کا احساس ختم ہو جاتا۔ اس گفتگو میں بھی ماریہ بیچ بیچ میں یہی کہتی رہتی: "اسحاق! تم چرچ چلا کرو کیونکہ تم مسیحی ہو۔"

اسحاق کہتا "ماریہ! پہلے مجھ میں وہ یقین پیدا ہو جانے دو، جو مجھے مسیحی قرار دے دے گا پھر میں چرچ بھی جایا کروں گا۔"

ماریہ اداس اور دل برداشتہ ہو کر چلی جاتی۔

ایک دن اسحاق کی طبیعت اتنی زیادہ گھبرائی کہ وہ مالقہ کی جامع مسجد چلا گیا۔ مسجد کے صحن میں سنگتروں کے درختوں کی دو رویہ قطاریں آنے والوں کو سایہ اور ترش خوشبو فراہم کرتی تھیں۔ یہ کافی دیر انہی درختوں کے سائے میں بیٹھا رہا۔ پھر وہ مسجد کے ستونوں میں چلا گیا۔ یہاں اسے اپنی ماں، نصر، سعدونہ اور قاضی سعید ایک ساتھ یاد آ رہے تھے۔ اس کا دل بھر آیا اور کرتے کے دامن سے اپنے آنسو پونچھنے لگا۔

کافی دیر بعد جب وہ مسجد سے باہر نکلا تو اس نے ماریہ کو مسجد کی آخری سیڑھی پر کھڑے دیکھا اس کی تیوریوں پر بل تھے اور چہرے سے جھنجھلاہٹ ہویدا تھی۔ اس نے تلخ اور ترش لہجے میں پوچھا "تم کیا لینے آئے تھے؟"

اسحاق نے جواب دیا "کچھ بھی نہیں۔ میرا ان سے پرانا رشتہ ہے میں انھیں کس طرح بھلا دوں۔"

ماریہ اس کو سیڑھیوں سے اتار کر شاہ بلوط کے سائے میں لے گئی، بولی "اسحاق! تم یہاں میرے قبیلے میں کیوں آئے تھے؟"

اسحاق نے جواب دیا "پتہ نہیں کیوں آیا تھا، شاید تیرے لیے کیوں تیرے قبیلے میں تیرے علاوہ کوئی شے بھی اتنی دلکش نہیں جو میرے پاؤں پکڑ لے۔"

ماریہ نے تلخی سے کہا "اور شاید تم یہ بھی جان چکے ہو کہ میں بھی تمھیں پسند کرتی ہوں۔"

یہ کہتے کہتے وہ شرما گئی۔ اسحاق ان لفظوں کے لیے کتنے ہی شب و روز گزار چکا تھا۔ اس نے بے ساختہ پوچھا۔

"ماریہ کیا تو واقعی مجھ سے محبت کرتی ہے؟"

ماریہ نے دل جلے لہجے میں جواب دیا "اسحاق! اگر یہ بات نہ ہوتی تو میں مسجد کی سیڑھیوں تک نہ آتی۔ میرا باپ یہ سمجھتا ہے کہ تو مسیحی ماں باپ کا مسیحی بیٹا ہے وہ مجھے منع کرتا رہتا ہے کہ میں دین کے معاملے میں جبر نہ کروں، تو ایک نہ ایک دن خود ہی مسیحی دین کا اقرار کرلے گا لیکن میں یہ دیکھ رہی ہوں کہ تو مسجد کے چکر لگا رہا ہے۔"

اسحاق نے کہا "خوب! تو تم سے تو پر آ گئی؟"

ماریہ نے پوچھا "کیا اس تو میں اپنائیت اور یگانگت نہیں؟"

اسحاق نے جواب دیا "ہاں، اور بہت زیادہ ہے۔"

وہ اسحاق کو لیے ہوئے اپنے قبیلے میں پہنچی تو دیکھنے والوں نے آپس میں اظہار خیال کرتے ہوئے کہا۔

"تم دیکھ لینا یہ مسلمان ایک نہ ایک دن مسیحی ہو کر رہے گا کیونکہ ماریہ نے اس کے دل و دماغ پر قبضہ کر لیا

کسی اور نے کہا۔" ماریہ نے اس کا اچھی طرح محاصرہ کر لیا ہے اب یہ نومسلم اس محاصرے کو نہیں توڑ سکتا۔
ماریہ نے اس کو اس کے خیمے میں پہنچا دیا اور کہا۔" میں نہیں جانتی کہ تیرے دل میں کیا ہے لیکن میرے دل میں جو کچھ ہے اس کا میں اظہار کر چکی ہوں۔"

اسحاق نے جواب دیا۔" ماریہ! میں نے بھی اپنے دل کی بات صاف صاف بتا دی ہے لیکن میں یہ سوچ سوچ کر پریشان ہو رہا ہوں، کہ اسلام کو کس طرح چھوڑ دوں؟"

ماریہ نے کہا۔" جب یہ بات ثابت ہو چکی ہے کہ تو مسلمان نہیں ہے تو اسلام کا چھوڑنا کیا معنی؟"

اسحاق نے جواب دیا۔" ماریہ! کم از کم تو تو ایسی بات نہ کہہ۔ میں نے ہوش سنبھالتے ہی اسلام کے سوا کچھ بھی نہیں دیکھا اور جس مذہب نے مجھے علم دیا ہو، اس کو میں کس طرح......"

لیکن ماریہ نے بات پوری نہیں ہونے دی، وہ بڑبڑاتی ہوئی چلی گئی کہ شاید میری قسمت ہی خراب ہے۔"

اسحاق نے ماریہ کو کھیتوں کے آس پاس گھومتے پھرتے دیکھا۔ وہ کچھ کھوئی کھوئی سی نظر آتی تھی۔ وہ کچھ کھنچی کھنچی سی رہنے لگی تھی۔ اس کا باپ سردار دی جان کارلو حیران تھا کہ ماریہ کو کیا ہو گیا ہے اس کو نہیں معلوم تھا کہ ماریہ اسحاق سے دور دور کیوں رہنے لگی ہے۔

ایک دن سردار نے یہ منظر اپنی آنکھوں سے دیکھ لیا کہ اسحاق ماریہ سے بات کرنا چاہتا تھا مگر ماریہ نے اسے نظر انداز کر دیا۔ سردار دی جان کارلو نے کچھ دیر بعد ہی ان دونوں کو اپنے خیمے میں طلب کر لیا۔ اس نے اپنی بیٹی ماریہ کو ڈانٹا اور کہا۔" ماریہ! کیا بات ہے کہ تو اسحاق سے کھنچی کھنچی رہنے لگی ہے؟"

ماریہ نے جواب دیا۔" بابا! کبھی کبھی میں اداس ہو جاتی ہوں، اس وقت مجھے کسی سے بھی ملنا جلنا اچھا نہیں لگتا۔"

اسحاق نے اپنی سانس روک رکھی تھی، وہ ڈر رہا تھا کہ ماریہ کہیں مسجد والی بات اپنے باپ کو نہ بتا دے۔ ماریہ نے بات پوری کر کے اسحاق کی طرف دیکھا تو اسحاق نے نظروں میں ماریہ کا شکریہ ادا کیا۔

سردار دی جان کارلو نے کہا۔" ماریہ اور اسحاق! تم دونوں میری بات غور سے سنو۔ کچھ دنوں پہلے میں تم دونوں کی بابت اس غلط فہمی کا شکار ہو گیا تھا کہ شاید تم دونوں ایک دوسرے سے محبت کرنے لگے ہو۔ میرے لیے یہ بڑا تکلیف دہ مسئلہ تھا لیکن جب مجھے یہ معلوم ہوا کہ اسحاق مسیحی والدین کا مسیحی بیٹا ہے تو میں بیحد خوش ہوا۔ کل تک میں نے یہ فیصلہ کر رکھا تھا کہ تم دونوں کی شادی کر دوں گا لیکن اس وقت جب اسحاق اپنے مسیحی ہونے کا باقاعدہ اعلان کر دے گا۔ لیکن آج جب میں نے ماریہ کو تجھ سے پیچھا چھڑا کر نکل جاتے دیکھا تو اپنا فیصلہ بدل دیا۔

ماریہ اور اسحاق گھبرا گئے، ماریہ نے رک رک کر لوکھلائے لہجے میں کہا۔" نہیں بابا! میں نے نفرت

یا کسی اور وجہ سے اسحاق کو نظر انداز نہیں کیا تھا۔ آپ نے ہم دونوں کی بابت کل تک جو سمجھ رکھا تھا، وہی درست تھا۔"
یہ کہتے کہتے وہ اتنی زیادہ شرما گئی کہ اس کا سر جھک گیا اور زبان گنگ ہو گئی۔
سردار دی جان کارلو نے اسحاق سے پوچھا "اور اسحاق تو نے کیا فیصلہ کیا ہے؟"
اسحاق نے جواب دیا "میں ماریہ سے ہر قیمت شادی کرنا چاہتا ہوں۔"
سردار نے کہا "تب پھر دیر کیوں، کل میرے ساتھ چرچ چل اور اپنے مسیحی ہونے کا اعلان کر دے۔"
اسحاق نے جواب دیا "یہ نہیں اس طرح نہیں، پہلے قرطبہ سے میں اپنی ماں کو لاؤں گا اور اس کی موجودگی میں میں اپنے مسیحی ہونے کا اعلان کروں گا۔"
سردار دی جان کارلو مسکرانے لگا، بولا "چلو یونہی سہی۔ اس طرح تیری ماں بھی یہیں آجائے گی۔"
لیکن ماریہ یہ سمجھ رہی تھی کہ اس طرح معاملے کو طول دے رہا ہے اور کچھ نہیں۔
شام کو ماریہ اس سے ملنے آئی تو اسحاق نے اس کا شکریہ ادا کیا، اس نے کہا "ماریہ! اس وقت تو میں ڈر گیا تھا اگر تو اپنے بابا سے یہ کہہ دیتی کہ تو نے مجھے جامع مسجد سے نکلتے دیکھا تھا تو یہ معاملہ آج ہی ختم ہو جاتا۔"
ماریہ نے جواب دیا "یہ معاملہ آج نہیں تو کل ختم ہو جائے گا۔ رہ گئی یہ بات کہ تو اپنی ماں کو قرطبہ سے لائے گا اور اس کی موجودگی میں اپنے مسیحی ہونے کا اعلان کرے گا، کیا یہ درست ہے؟"
اسحاق نے جواب دیا "یقین نہ کرنے کی کوئی وجہ نہیں نظر آتی۔"
ماریہ کا دل دکھ رہا تھا باتیں کرتے۔ اس نے کہا "تو کہتا ہے تو میں یقین کیے لیتی ہوں۔"
اسحاق ماریہ کی خوشامد کرنے لگا "ماریہ! جب وقت آئے گا تو میں اپنی سچائی کو بآسانی ثابت کر سکوں گا۔"
اس کے بعد ماریہ کو کچھ سکون سا ہو گیا۔ شاید اس کو یہ یقین ہو گیا تھا کہ اسحاق اپنے قول کا سچا اور پکا ہے۔ دوسری طرف اسحاق بھی بہت مطمئن تھا۔ ماریہ قدم قدم پر اس کا ساتھ دے رہی تھی۔
کئی دن بعد ماریہ نے خود کھانا پکایا۔ اسحاق کھانا کھاتا رہا اور ماریہ کے ہاتھ کی تعریفیں کرتا رہا۔
ماریہ نے کہا "اسحاق! میں تیری وجہ سے پورے خاندان میں بدنام ہو گئی ہوں۔"
اسحاق نے جواب دیا "اور میں بھی۔"
ماریہ نے چڑ کر کہا "مگر میری بدنامی میں بڑا فرق ہے تجھے میرے قبیلے کا ایک فرد بھی نہیں جانتا۔ جبکہ میں اسی قبیلے میں پلی بڑھی ہوں اور اس قبیلے میں کئی ایسے نوجوان بھی موجود ہیں جو مجھ سے شادی کرنا چاہتے ہیں۔"
اسحاق نے نوالہ چباتے ہوئے پوچھا "اس طرح تو کہنا کیا چاہتی ہے؟"
ماریہ نے جواب دیا "یہ کہ اگر تو نے دھوکا دیا تو میں کہیں کی بھی نہیں رہ جاؤں گی۔"

اسحاق نے کہا "مگر میں دھوکا کیوں دوں گا؟"

ماریہ نے کہا "تب پھر تو یہ کر کہ قرطبہ جلدی ہی چلا جا اور اپنی ماں کو لے کر فوراً آ۔"

اسحاق نے جواب دیا "میں یہی کروں گا، بالکل یہی کروں گا۔"

اس کے بعد وہ دونوں مستقبل کی باتیں کرنے لگے۔ پیارے پیارے خوبصورت مستقبل کی باتیں۔ وہ دونوں کسی اور ہی دنیا میں پہنچ گئے۔

کئی دن بعد سردار دی جان کارلو نے اسحاق کو اپنے خیمے میں بلایا۔ سردار کے خیمے میں کئی اور نوجوان بھی بیٹھے تھے۔ سردار کچھ زیادہ ہی فکرمند نظر آ رہا تھا۔ اس نے اسحاق کا خوش دلی اور مسکراہٹ سے استقبال کیا، پوچھا "اسحاق! میں نے سنا ہے کہ تو اپنی ماں کو لینے قرطبہ جانے والا ہے؟"

اسحاق نے جواب دیا "ہاں! میں نے ماریہ سے وعدہ کیا ہے کہ میں ماں کو قرطبہ سے لا کر اس کے سامنے اپنے مسیحی ہونے کا اعلان کر دوں گا۔"

سردار دی جان کارلو نے اسے دعا دی "خداوند مسیح تیری مدد فرمائیں اور مجھے اپنے قبیلے کے ان نوجوانوں کے سامنے سرخرو ہونے کا موقع عطا فرمائیں۔"

یہ کل پانچ نوجوان تھے۔ اسحاق نے دیکھا ہر نوجوان کی نظر اسحاق پر جمی ہوئی ہے۔

سردار دی جان کارلو نے ان نوجوانوں کی طرف اشارہ کرتے ہوئے کہا "اسحاق! ان نوجوانوں کو دیکھ، یہ میرے قبیلے کے روشن ستارے ہیں۔ یہ پانچوں ماریہ کے امیدوار ہیں۔ اگر درمیان میں تو نہ آجاتا تو انہی میں سے کوئی ایک ماریہ کا حقدار ٹھہرتا لیکن... لیکن..." سردار کچھ کہتے کہتے رک گیا۔ ان میں ایک نوجوان اسحاق سے مخاطب ہوا "اجنبی نوجوان! میں صرف اس لیے خاموش ہوں اور تیرے حق میں دستبردار ہو گیا ہوں کہ شاید اس طرح مسیحی دین میں ایک اضافہ ہو جائے۔ ورنہ تو یوں بدطالع ماریہ سے عشق نہیں کر سکتا تھا۔"

سردار دی جان کارلو نے پوچھا "پھر تو قرطبہ کب جا رہا ہے؟"

اسحاق نے جواب دیا "بہت جلدی، کسی بھی دن لیکن میری ماں خیموں کی زندگی کی عادی نہیں ہے۔"

سردار نے کہا "اور تو اس زندگی کا عادی کب ہے؟ شادی کے بعد میں ماریہ کو اجازت دے دوں گا کہ وہ پختہ مکان میں رہ سکتی ہے۔"

اسحاق سردار سے بات کر کے باہر نکلا تو خیمے کے موڑ پر ماریہ مل گئی وہ اسحاق کا انتظار کر رہی تھی۔ ماریہ اسے اپنے ساتھ انجیروں کے باغ کی طرف لے گئی اور ایک درخت کے سائے میں بیٹھتے ہوئے

پوچھا: "بابل نے تجھے کیوں بلایا تھا؟"

اسحاق نے جواب دیا: "وہ کہتا تھا میں اپنی ماں کو لے آؤں تاکہ وہ تیری مجھ سے شادی کر دے۔"

ماریہ نے پوچھا: "پھر تو نے کیا جواب دیا؟"

اسحاق نے جواب دیا: "میں نے کہہ دیا کہ بہت جلدی، کسی بھی دن جا کر لے آؤں گا۔"

ماریہ نے اسحاق کے ہاتھ پکڑ کر اس کے شانے پر سر ٹکا دیا۔ بولی: "اسحاق! تجھے جو کچھ بھی کرنا ہے جلدی کر، کیونکہ میرا باپ زیادہ دن تک تیری حمایت نہیں کر سکے گا۔"

اسحاق نے کہا: "ماریہ! اگر میری ماں یہاں آنے پر تیار نہ ہوئی تو؟"

ماریہ نے جواب دیا: "کیا وہ تجھ سے محبت نہیں کرتی؟ ماں کو تیری خوشی کے لیے آنا ہی پڑے گا۔"

اسحاق نے ماریہ کی زلفوں پر اپنا منہ رکھ دیا۔ نتھنوں میں بالوں کی خوشبو نشے کی طرح چڑھ گئی، اس نے کہا: "ماریہ! میں ذہنی الجھن میں پھنس کر رہ گیا ہوں۔ میں مالقہ میں اپنی ماں سے ناراض ہو کر آیا تھا۔ میری ماں نے ایک ایسے مسلمان سے شادی کی ہے جو پہلے ہی سے شادی شدہ تھا۔ قاضی نے مجھے اپنا بیٹا بنا کر تعلیم و تربیت دی۔ اسی دوران اس کی پہلی بیوی سے لڑکا ہو گیا اس لڑکے نے میرا مستقبل سیاہ کر دیا مجھے اور میری ماں کو لوگوں سے طعنے ملنے لگے۔ قاضی نے مجھے کبھی بھی کوئی شکایت نہیں ہونے دی لیکن میں اپنی ماں سے کئی بار اس بات پر جھگڑا کہ انہیں میری وجہ سے دوسری شادی نہیں کرنا تھی اور آخر اسی بات پر ایک دن میں نے ایسا جھگڑا کیا کہ میں یہاں بھاگ آیا۔ اب میں سوچتا ہوں کہ اپنی ماں کو یہاں کس منہ سے لاؤں گا۔"

ماریہ گھبرا گئی بے چین ہو کر بولی: "اگر ماں نہ آئیں تو یہ شادی بھی نہیں ہو گی۔"

اسحاق نے کہا: "اور اگر ماں آ بھی گئیں تو مشکل پھر بھی حائل رہے گی۔"

ماریہ بہت گھبرائی ہوئی تھی، بدحواس ہو کر پوچھا: "کون سی مشکل؟"

اسحاق نے جواب دیا: "وہ مشکل تو میں بعد میں بتا دوں گا پہلے تو یہ بتا کہ کیا میرے مسیحی ہوئے بغیر ہم دونوں کی شادی نہیں ہو سکتی؟"

ماریہ بہت پریشان ہو گئی، گھبرا کر پوچھا: "میں تیرا مطلب نہیں سمجھی تو کہنا کیا چاہتا ہے؟"

اسحاق نے جواب دیا: "ماریہ! حقیقت یہ ہے کہ میری ماں اور باپ دونوں ہی مسیحی تھے مگر میں نے ہوش سنبھالنے کے بعد اسلام ہی کی آغوش میں تعلیم و تربیت حاصل کی ہے میں سخت پریشان ہوں کہ میں اسلام کو اپنے دل و دماغ سے کس طرح کھرچ پھینکوں؟"

ماریہ نے گھبرا کر اسحاق کے شانے پر سے اپنا سر ہٹا لیا، بولی: "اسحاق! تو اپنے ہوش و حواس میں تو ہے تو نے میرے باپ سے وعدہ کیا ہے کہ تو اپنی ماں کی موجودگی میں اپنے مسیحی ہونے کا اعلان

کر دے گا۔"

اسحاق نے جواب دیا: "ہاں ماریہ! میں تیرے باپ سے یہ وعدہ کر چکا ہوں، مگر میرے اندلسی وطن میں ایک جنگ جاری ہے۔ میں یہ تمنا کرتا ہوں کہ اس جنگ میں اسلام جیت گیا۔"

ماریہ کی چیخ نکل گئی۔ "یہ تو نے کیا کہہ دیا ہے اسحاق! میں برباد ہو جاؤں گی، میں تباہ ہو جاؤں گی۔"

اسحاق، ماریہ... اس کی آنکھیں بھیگ چلی تھیں۔ بند آنکھوں سے آنسو باہر آ چکے تھے۔ بولا: "ماریہ! میں تجھ سے اتنی محبت کرتا ہوں کہ اگر تو کہے کہ میں پہاڑ سے کود کر اپنی جان دے دوں تو میں آنکھ بند کر کے یہ کر گزروں گا، مگر پتہ نہیں اسلام کی گرفت کتنی مضبوط ہے کہ مجھے اس نے بے دست و پا کر کے رکھ دیا ہے۔"

ماریہ نے سرد آہ بھری: "پھر اب کیا ہوگا؟"

اسحاق نے جواب دیا: "پتہ نہیں کیا ہوگا مگر وہی ہوگا جو قسمت میں لکھا ہوگا۔"

ماریہ نے کہا: "اسحاق! مجھے تو تیرے دل کا حال معلوم نہیں مگر تجھ کو ایسا نہیں کرنا تھا۔ جب تجھے یہ معلوم تھا کہ تو میرا ساتھ نہیں دے سکے گا تو تجھ کو مجھے محبت کا فریب نہیں دینا تھا۔"

وہ اٹھی اور اسحاق کو چھوڑ کر چلی گئی، اسحاق اس کو جاتے ہوئے دیکھتا رہا۔ اسے ماریہ پر رحم آ رہا تھا۔ اس کے جی میں آئی کہ دوڑ کر ماریہ کے پاس جائے اور کہہ دے کہ ماریہ میں اپنی مسیحیت کا اسی وقت اعلان کرنے کو تیار ہوں تو پریشان نہ ہو لیکن وہ نہیں دوڑ سکا، بس ماریہ کو جاتے ہوئے دیکھتا رہا۔

جب ماریہ نظروں سے اوجھل ہو گئی تو وہ خود بھی اپنے خیمے کی طرف چل پڑا۔ راستے میں اس کو وہی نوجوان مل گیا جو ماریہ کے باپ دی جان کارلو کے خیمے میں ملا تھا اور اس نے کہا تھا: "اجنبی نوجوان! میں صرف اس لیے خاموش ہوں اور تیرے حق میں دستبردار ہو گیا ہوں کہ شاید اس طرح مسیحی دین میں ایک کا اضافہ ہو جائے ورنہ تو یوں برملا ماریہ سے عشق نہیں کر سکتا تھا۔"

اس نوجوان نے اسحاق کا راستہ روک لیا۔ پوچھا: "اجنبی نوجوان کیا ابھی ابھی ماریہ تیرے پاس سے گئی ہے؟"

اسحاق جھوٹ نہیں بول سکا، بولا: "ہاں وہ میرے پاس سے ہی گئی ہے۔"

نوجوان نے بگڑ کر پوچھا: "وہ رو کیوں رہی تھی؟" نوجوان نے اسحاق کا گریبان پکڑ لیا، بولا: "معلوم نہیں پتہ نہیں تو نے ماریہ پر کیا جادو کر دیا کہ وہ تیرا ہی کلمہ پڑھتی ہے لیکن ایک بات یاد رکھ، اگر تو نے ماریہ کو دکھ دیا تو میں تجھے جان سے مار دوں گا۔"

اسحاق نے ایک جھٹکے سے اپنا گریبان چھڑا لیا، بولا: "میں نے ماریہ سے محبت کی ہے میں اسے دکھ

کیوں پہنچاؤں گا اور اگر تو یہ سمجھتا ہے کہ تو مجھے مار سکتا ہے تو یہ تیری بدترین خوش فہمی ہے اگر تو نے مجھ پر پیچھے سے وار کیا تو شاید میں مارا جاؤں لیکن اگر سامنے سے وار کیا تو وہ تیری زندگی کا کا آخری وار ہوگا۔"

نوجوان نے کہا "تو ماریہ کو خوش نہیں رکھ سکے گا اس لیے میں تجھ سے درخواست کرتا ہوں کہ تو ماریہ کو اس کے حال پر چھوڑ دے اور قرطبہ چلا جا۔"

اسحاق نے پوچھا "اگر میں تیرے مشورے کے مطابق قرطبہ چلا جاؤں تو کیا ماریہ تجھ سے محبت کرنے لگے گی؟"

نوجوان نے جواب دیا "وہ بعد کی بات ہے اجنبی نوجوان۔ میرا خیال ہے میں اس کو محبت کرنے پر مجبور کر دوں گا۔"

اسحاق نے کہا "لیکن میں اسے کسی آزمائش میں نہیں ڈالنا چاہتا۔"

نوجوان نے کہا "لیکن میں تجھ کو آزمائش میں کسی وقت بھی ڈال سکتا ہوں۔ میں ماریہ کو غمزدہ نہیں دیکھ سکتا۔"

اسحاق اور وہ نوجوان دونوں ایک دوسرے کو کچھ دیر گھورتے رہے پھر اپنی اپنی راہ چلے گئے

اسحاق کے اندر جو جنگ ہو رہی تھی اس نے اسے ہلکان کر کے رکھ دیا تھا۔ وہ رات رات بھر جاگتا رہتا۔ بستر نے اسے قبول کرنے سے انکار کر دیا تھا۔ اسحاق اس بیمار جیسا تھا جو حالت نزع میں ہو اور موت کی اذیت اسے کسی کروٹ، کسی پہلو چین نہ لینے دے رہی ہو۔ آسمان پر چاند چمک رہا تھا۔ پندرھواں یا سولھویں کا چاند تھا۔ اسحاق نے خیمے سے باہر نکل کر آسمان کی طرف دیکھا تو ایسا لگا گویا پورا ماحول پوری کائنات کسی کی طرح سوگوار ہے۔ مشرق میں مالقہ پہاڑیاں سائے کی طرح نظر آ رہی تھیں۔ وہاں سے کچھ دور اندلس کی زبان میں گواڈل میڈینہ THEGUADALMEDINA بہہ رہی تھی۔ عربوں نے اس ندی کا نام وادی المدینہ (شہر والی ندی) رکھا تھا مگر اندلس والے اسے گواڈل میڈینہ کہنے لگے۔ یہ موسمی ندی موسم بہار اور موسم سرما میں بہتی ہے۔ یہ موسم بہار تھا اور ندی شہریوں کی دلچسپی کا مرکز بنی ہوئی تھی۔ اسحاق اس ندی کے کنارے ایک پتھر پر بیٹھ کر اپنے ماضی، حال اور مستقبل کے بارے میں سوچتا رہا۔ اس نے چاندنی میں پانچ سات اونٹوں کو شہر کے ربض النسائین دھوسے کی منڈی، نامی محلے کی طرف جاتے دیکھا۔ ان اونٹوں پر سامان لدا ہوا تھا اور یہ کاروبار ان افریقیوں کے ہاتھ میں تھا جو مالقہ میں عرصۂ دراز سے رہ رہے تھے۔ اونٹوں کے ساربان کچھ گنگناتے ہوئے چل رہے تھے۔

اسحاق بڑی دیر تک بیٹھا سوچتا رہا۔ شبنم نے اس کے بالوں کو تر کر دیا تھا۔ صبح ہوتے ہوتے

وہ اس نتیجے پر پہنچ گیا کہ وہ مالقہ کو چھوڑ کر کہیں اور چلا جائے گا۔ اور ماریہ سے صاف صاف کہہ دے گا کہ وہ اسلام کو نہیں چھوڑ سکتا۔ ہاں اگر ماریہ چاہے تو مسلمان ہو کر اس سے شادی کر لے۔

مالقہ کی جامع مسجد کے مینارے سے اذان کی آواز آنے لگی۔ موذن اللہ کی بڑائی اور پیغمبر اسلام حضرت محمدؐ کی رسالت کی گواہی دے رہا تھا اور سونے والوں کو بتا رہا تھا کہ نماز نیند سے بہتر ہے۔

وہ یہاں سے سیدھا جامع مسجد چلا گیا۔ وہاں فجر کی نماز ادا کی اور پھر دونوں ہاتھ دعائیہ انداز میں اٹھا کر اپنے رب سے کہنے لگا "الٰہ العالمین! میں مسلمان ہوں لیکن کلیسا کا سایہ میری طرف بڑھ رہا ہے، تو میری مدد فرما تاکہ میں تیرے دین مبین پر قائم و دائم رہوں۔"

فجر کی نماز پڑھ کر وہ جیسے ہی باہر نکلا، اس نے مسجد کی سیڑھیوں پر ماریہ کے باپ سردار دی جان کارلو اور ماریہ کا عاشق تھا اور اسحاق سے الجھ چکا تھا۔

سردار دی جان کارلو کی زہریلی نظریں اسحاق کے چہرے پر جمی ہوئی تھیں، اس نے پوچھا "کیا تو رات بھر اسی مسجد میں رہا ہے؟"

اسحاق نے جواب دیا، "نہیں، میں اذان کے بعد میں آیا تھا۔"

سردار دی جان کارلو نے پوچھا "تو یہاں کیا لینے آیا تھا؟"

اسحاق نے جواب دیا "مسجد میں لوگ کیوں آتے ہیں؟ نماز پڑھنے۔ میں بھی نماز پڑھنے آیا تھا۔"

تیکھے کا نوجوان بولا "جان کارلو بابا! میں جانتا ہوں یہ مسلمان ہے اور مسلمان ہی رہے گا۔"

لیکن دی جان کارلو نے نوجوان کو بولنے سے روک دیا، بولا "ویلیئر روبیو! تو چپ رہ مجھے بات کرنے دے۔" اس کے بعد پھر اسحاق سے مخاطب ہوا "لیکن تو نے تو یہ کہا تھا کہ تو مسیحی والدین کا بیٹا ہے۔"

اسحاق نے جواب دیا "ہاں میں نے یہ کہا تھا اور جھوٹ نہیں کہا تھا۔"

سردار دی جان کارلو نے مسجد سے نمازیوں کو نکلتے دیکھا تو وہ اسحاق کو وہاں سے ہٹا کر دور لے گیا۔ زیتون کے نیچے دی جان کارلو اور نوجوان ویلیئر روبیو کے گھوڑے کھڑے ہوئے تھے۔ سردار دی جان کارلو نے پوچھا "میں بات یہاں کروں یا اپنے خیمے میں؟"

نوجوان ویلیئر روبیو نے مشورہ دیا "یہاں بات نہ کیجئے کیونکہ یہاں بہت سارے مسلمان اس کے حمایتی بن جائیں گے۔"

سردار دی جان کارلو کو اس کا مشورہ پسند آیا، بولا "اچھا اسحاق تو میرے خیمے میں چل وہیں بات کروں گا۔"

سردار دی جان کارلو کی ہدایت پر نوجوان ویلیئر روبیو کے علاوہ کسی کو اندر نہیں آنے دیا گیا۔ اسحاق

ان سب کے سامنے مجرم کی طرح سر جھکائے بیٹھا تھا۔

سردار نے اپنی بیوی اور ماریہ سے کہا "تم دونوں جانتی ہو کہ میں اس نوجوان کو کہاں سے لا رہا ہوں۔"

ماریہ کو اسحاق کی حالت پر رحم آرہا تھا، اس کی ماں نے پوچھا "یہ کہاں تھا؟"

سردار دی جان کارلو نے جواب دیا "جامع مسجد میں وہاں نماز پڑھ رہا تھا۔"

ماریہ نے تلملا کر اسحاق کو دیکھا۔ وہ نظروں ہی نظروں میں اسحاق سے گلا کر رہی تھی کہ یہ کیا کیا تو نے؟

ماریہ کی ماں کا پارہ چڑھ گیا۔ اسحاق کو برا بھلا کہنے لگی "جب تجھ کو مسلمان ہی رہنا تھا اور نمازیں پڑھنا تھیں تو تو نے میری بیٹی کو دھوکے میں کیوں رکھا، تجھ کو ایسا نہیں کرنا تھا۔"

نوجوان ویلیز روبیو نے کہا "آپ لوگ اس کو چھوٹ دیں گے اور نرمی برتیں گے تو یہی کچھ ہوگا"

سردار دی جان کارلو نے کہا "اب میں رعایت نہیں دے سکتا۔ میں نے اس کے ساتھ کیا کچھ نہیں کیا، اس کو کام دیا، رہنے کو ٹھکانہ دیا بستر دیا، کھانا دیا۔ گھر کا سکھ چین دیا یہاں تک کہ اس نے میری بیٹی ماریہ سے محبت کی تو میں شادی کے لیے آمادہ ہو گیا۔ میں نے کیا نہیں کیا اس کے ساتھ۔ اور یہ ہے کہ ان تمام کے عوض اپنا دین تک نہیں چھوڑ سکتا۔"

ماریہ کی ماں نے کہا "نظریں اوپر اٹھا کر اور آنکھیں ملا کر بات کر، تو نے کیا سوچا ہے؟"

ویلیز روبیو نے ایک بار پھر مشورہ دیا "اس سے کہیے کہ یہ فوراً عیسائی ہو جائے۔"

سردار دی جان کارلو نے اپنے عزیزوں کی طرف دیکھا اور فہمائش کی "میں اپنی بدنامی اور رسوائی کو بہت اہمیت دیتا ہوں۔ جو لوگ ایسا نہیں کرتے، وہ بے غیرت اور ذلیل ہیں لیکن میں اپنے نام کے ساتھ ایسا سلوک نہیں ہونے دوں گا۔"

ویلیز روبیو نے اسحاق کی ٹھوڑی میں ہاتھ دے کر چہرہ اوپر اٹھایا اور کہا "نیچے مت دیکھو، آنکھیں ملا کر بات کر، شاید تو ہمیں نہیں جانتا ہم جب کسی کے دشمن بنتے ہیں تو اس کے وجود تک کو مٹا دیتے ہیں۔"

اسحاق نے سب کو جواب دیا "یہ تم سب کی زیادتی ہے کہ ایک اکیلے کو چاروں طرف سے گھیر کر تیر چلا رہے ہو۔"

ماریہ کے لیے اب ناقابل برداشت تھا، وہ گڑگڑا کر بولی "ایک اکیلے کو تم سب نے دیوانہ بنائے رکھا ہے۔" اس کے بعد اسحاق پر برس پڑی۔ "جب تجھے اپنے دین پر قائم ہی رہنا ہے اور مجھے حاصل نہیں کرنا تو پھر یہاں ہمارے درمیان قیام کیوں کیا، یہاں سے بھاگ جا۔"

سردار دی جان کارلو نے کرخت لہجے میں کہا "اسحاق! آج میں تجھ سے حتمی جواب لوں گا۔ تو

کیا چاہتا ہے؟ ماریہ سے شادی کرے گا یا نہیں؟"
اسحاق نے جواب دیا "سردار میرے اندر ایک جنگ ہو رہی ہے اور افسوس کہ ابھی تک اسلام غالب ہے اور میری محبت مغلوب ہے۔"
ماریہ رونے لگی، اپنے باپ سے کہا "بابا جان! اس کو یہاں سے چلا جانے دیں۔"
لیکن سردار دی جولی کار لو نے اسحاق کو ایک موقع اور دیا، اور کہا "میں تجھ کو پندرہ دن اور دیتا ہوں، تو کہتا ہے کہ تیرے اندر ایک جنگ جاری ہے اور اس جنگ میں ابھی تک اسلام غالب اور محبت مغلوب ہے۔ جس دن یہ جنگ ختم ہو جائے مجھے مطلع کر دینا۔ ہو سکتا ہے کسی دن ماریہ کی محبت اسلام پر غالب آ جائے۔
نوجوان ویلیز ریو بیو نے کہا "لیکن میں اس تجویز سے اتفاق نہیں کروں گا۔ اس نے ماریہ سے تو ہین کیا ہے اس کی اسے سزا ملنی چاہیے۔"
لیکن ماریہ نے پھر دخل دیا "ویلیز ریو بیو! جب میں اسے معاف کر رہی ہوں تو تو سزا تجویز کرنے والا کون ہوتا ہے۔"
ماریہ کی ماں نے اپنی بیٹی کو ڈانٹ دیا "تیری فراخ دلی اور نرمی نے ہمیں یہ دن دکھایا ہے ویلیز ریو بیو کی بات معقول ہے۔"
لیکن سردار نے کہا۔ "جب میں نے اسحاق کو پندرہ دن دے دیے تو دے دیے۔ پندرہ دن بعد میں کوئی فیصلہ کروں گا۔"
اس کے بعد سردار نے مجلس برخاست کر دی۔
جب اسحاق سر جھکائے خیمے سے باہر نکلا تو اس کے پیچھے پیچھے ماریہ بھی باہر نکلی۔ اس نے اسحاق کو سمجھانے کی کوشش کی "شاید پندرہ دن بعد بھی تیرا فیصلہ یہی ہو پھر کیوں وقت ضائع کر رہا ہے؟"
اسحاق نے جواب دیا "ہو سکتا ہے تیری محبت غالب آ جائے۔"
ماریہ نے آہستہ سے کہا "ایسے میرے نصیب کہاں۔"
اسحاق لرز گیا اور اس مختصر سے فقرے نے ذرا سی دیر کے لیے اسلام کو مغلوب کر لیا۔ اس کے جی میں آیا کہ وہ اسی وقت ماریہ کے ساتھ چرچ چلا جائے اور وہاں اصطباغ لے کر مسیحی بن جائے۔ لیکن وہ اس کا اعلان نہ کر سکا اور اسلام پھر غالب آ گیا۔
معلوم نہیں، کیوں اور کس امید پر ماریہ اسحاق سے پھر ملنے جلنے لگی۔ وہ دونوں وقت کا کھانا لے کر خود پہنچتی اور اس وقت تک اس کے پاس رہتی جب تک وہ کھانا نہ کھا لیتا۔ پھر خالی برتن لے کر واپس چلی جاتی۔ اس کے بعد پھر آ جاتی اور گھنٹوں اس کے پاس بیٹھی رہتی۔ کسی قسم کی بات بھی نہیں کرتی

پھر ماریہ کی ماں آجاتی اور اس کو زبردستی کھینچ کر لے جاتی۔

جب آٹھ دن گزر گئے تو ماریہ نے اچانک اس سے پوچھ لیا "اسحاق! کچھ پتہ ہے کتنے دن گزر گئے؟"

اسحاق نے جواب دیا "ہاں پتہ ہے آٹھ دن گزر گئے۔"

ماریہ نے پوچھا" وہ جنگ جو تیرے اندر جاری تھی، کیا اب بھی جاری ہے؟"

اسحاق نے جواب کے لیے منہ کھولا مگر کچھ کہہ نہ سکا۔

ماریہ نے کہا "اسحاق! میں نے جو کچھ پوچھا ہے اس کا سیدھا سچا جواب دے۔ میں ہیر پھیر کو بالکل پسند نہیں کرتی۔"

اسحاق نے جواب دیا" ماریہ! کیا تو اپنا دین ترک کر سکتی ہے؟"

ماریہ غصے سے لال ہو گئی "تو آٹھ دن بعد اس فیصلے پر پہنچا ہے تیرا یہ سوال اگر میرا باپ سن لے گا تو تجھے قتل کر دے گا اور پھر میں مسلمان کیوں ہو جاؤں؟"

اسحاق نے کہا" ماریہ! جس طرح تو اپنا دین نہیں چھوڑ سکتی اس طرح میں اسلام نہیں چھوڑ سکتا۔"

ماریہ کی آواز حلق میں پھنسنے لگی۔ بولی "اسحاق! تیری محبت میں میں کتنی بے غیرت ہو گئی ہوں۔ میری ماں کو یہ بات پسند نہیں کہ میں تیرے پاس آؤں۔ میرے باپ نے مجھ سے بات چیت بند کر رکھی ہے خاندان والوں نے مجھ سے کنارہ کشی اختیار کر لی ہے، لیکن میں ہوں کہ تیرے پاس آئے چلی جا رہی ہوں معلوم نہیں کیوں، جب کہ میں یہ جانتی ہوں کہ پندرہ دن بعد بھی تیرا وہی فیصلہ ہو گا جو پندرہ دن پہلے تھا۔ اسحاق! بتا میں کیا کروں؟ کہاں جاؤں؟ کس طرح جیوں؟"

اسحاق کے پاس ان باتوں کا کوئی جواب نہ تھا۔

ماریہ نے پوچھا" اچھا آج تو میرے ایک سوال کا جواب دے دے۔"

اسحاق نے کہا" کر سوال۔"

ماریہ نے پوچھا" کیا تو مجھ سے واقعی محبت کرتا ہے؟"

اسحاق نے جواب دیا" ہاں ماریہ میں تجھ سے بے حد محبت کرتا ہوں۔"

ماریہ نے کہا" پھر تو مجھے حاصل کیوں نہیں کر لیتا؟"

اسحاق نے کہا" ماریہ! اب میں نے پھر وہی فیصلہ کیا ہے میں قرطبہ واپس جاؤں گا اور تیرا مقدمہ اپنی ماں کی عدالت میں پیش کر دوں گا۔ اگر میری ماں نے کہا کہ عیسائی ہو کر تجھ کو حاصل کر لوں تو مجھ کو کوئی انکار نہ ہو گا اور میں اپنی ماں کو لے کر واپس آؤں گا اور تجھ کو حاصل کر لوں گا۔"

ماریہ کی خوشی کی انتہا نہ رہی بے اختیار بولی "کیا سچ! کیا تونے واقعی یہ فیصلہ کرلیا ہے؟"

اسحاق نے جواب دیا "ہاں ماریہ! میں نے واقعی یہ فیصلہ کیا ہے۔"

ماریہ نے بے چینی سے پوچھا "اور کیا تیری ماں راسخ العقیدہ مسیحی ہے؟"

اسحاق نے جواب دیا "ہاں وہ کٹر مسیحی ہے۔"

ماریہ نے کہا "تب پھر مجھے یقین ہے کہ اس کا فیصلہ میرے حق میں ہوگا۔"

اسحاق نے ماریہ سے رائے لی "ماریہ! کیا میں اپنے فیصلے کا آج ہی اعلان کردوں؟"

ماریہ نے کہا "نہیں، ابھی نہیں! ٹھیک پندرہ دن بعد جب تجھ سے پوچھا جائے تو اپنا یہ فیصلہ سنا دینا۔"

ماریہ خوشی خوشی جب واپس جانے لگی تو اسحاق نے اس کو روک لیا اور اپنے صندوق میں سے ڈھیر سارے سکے نکال لایا۔ انہیں ماریہ کے سامنے رکھ دیا۔ بولا "ماریہ! یہ میری وہ کمائی ہے جو میں پس انداز کرتا رہا ہوں۔ کمائی کا کچھ میں نے سکھ لیا ہے بقیہ تیری نذر ہے۔"

ماریہ نے کہا "لیکن میں انھیں لے کر کیا کروں گی؟"

اسحاق نے جواب دیا "ماریہ! جب میں نے تجھ کو اپنا مان لیا تو میرا جو کچھ ہے وہ تیرا ہے انھیں رکھ لے۔"

ماریہ نے بدستور انکار کیا "نہیں! میں انھیں لے سکتی۔ جب تم بالکل میرے ہوجاؤ گے تو میں قبول کرلوں گی۔"

اسحاق نے بہت کوشش کی کہ ماریہ اس کی بات مان لے۔ لیکن وہ نہیں مانی اور وہاں سے خالی ہاتھ واپس چلی گئی۔

سولھویں دن سردار دی جان کارلو نے اسحاق کو طلب کرلیا اس دن بھی وہی لوگ موجود تھے۔ ویلیز روبیو، ماریہ، ماریہ کی ماں اور ماریہ کا باپ دی جان کارلو۔

اس نے اسحاق سے پوچھا "اسحاق! آج کتنے دن ہوگئے؟"

اسحاق نے جواب دیا "آج سولھواں دن ہے سردار۔"

سردار نے پوچھا "پھر کیا فیصلہ کیا ہے؟ اندر کی جنگ میں کون غالب آیا اور کون مغلوب ہوا؟"

اسحاق نے کہا "سردار! آپ میرا مذاق نہ اڑائیں تو بتاؤں۔"

سردار نے جواب دیا "یہاں میری موجودگی میں کون ہے جو تیرا یا کسی اور کا مذاق اڑائے؟"

اسحاق نے کہا "سردار! جیسا کہ آپ بھی جانتے ہیں کہ میری ماں راسخ العقیدہ مسیحی ہے میں عنقریب اس کے پاس چلا جاؤں گا اور یہ معاملہ اس کے سامنے رکھ دوں گا پھر جیسا میری ماں کہے گی، میں اس

پر عمل کروں گا۔"

سردار نے پوچھا "ویسے تیرا خیال کیا ہے، تیری ماں کیا فیصلہ دے گی؟"

اسحاق نے جواب دیا "میری ماں کٹر مسیحی ہے اور اس نے آج تک مجھے اسحاق نہیں آئزک کہا ہے اس لیے اس کا فیصلہ بھی ماریہ کے حق میں ہوگا۔"

سردار نے اس تجویز پر خوشی کا اظہار نہیں کیا وہ کچھ سوچتا رہا، پھر پوچھا "مگر اس بات کا کیا ثبوت کہ تو نے جو کچھ کہا، وہ درست ہے؟"

اسحاق نے کہا "لیکن میں جھوٹ کیوں بولوں گا؟"

سردار نے کہا "اس کا صحیح جواب تو تو خود ہی دے سکتا ہے، میں کیا جواب دوں؟"

اسحاق نے کہا "سردار! میں اسلام اور ماریہ کی محبت کی قسم کھا کے تجھے یہ یقین دلاتا ہوں کہ میں نے جو کچھ کہا سچ کہا ہے۔"

ولیز روبیو نے اپنی رائے دی "سردار! میرا خیال ہے کہ یہ نوجوان اس طرح اپنی جان بچا رہا ہے۔"

ماریہ کی ماں نے تائید کی "میرا بھی یہی خیال ہے۔"

لیکن ماریہ چڑ گئی، جھنجھلا کر بولی "اگر یہ جھوٹ ہے تو پھر جھوٹ اور سچ کو سمجھنے کے لیے قبیلے کے کچھ لوگ اسحاق کے ساتھ قرطبہ چلے جائیں اور وہاں کے حالات کو خود اپنی آنکھوں سے دیکھ لیں۔"

سردار نے کہا "نہیں میرا کوئی مقصد نہیں۔ میں تو بس یہ چاہتا ہوں کہ میری بیٹی جہاں بھی رہے، راج کرے، حکومت کرے۔" پھر سردار نے پوچھا "تب پھر تو اپنی ماں کے پاس کب جائے گا؟"

اسحاق نے جواب دیا "دو تین دن بعد، جب جاؤں گا، آپ کو مطلع کر کے جاؤں گا۔"

سردار نے اپنی بیٹی سے پوچھا "تو کیا کہتی ہے؟"

ماریہ نے جواب دیا "آپ مطمئن ہیں تو میں بھی مطمئن ہوں۔"

سردار مجلس سے مخاطب ہوا "آپ سب نے اس کا فیصلہ سن لیا! اگر آپ کو اس فیصلے سے اتفاق نہ ہو تو ابھی بتا دیں۔"

لیکن ان میں ایک بھی ایسا نہیں تھا جو سردار سے اختلاف کرتا سردار دی جان کار لوٹے اسحاق کو اجازت دے دی کہ وہ قرطبہ جا سکتا ہے اور اپنی ماں کو اپنے ساتھ لا سکتا ہے۔

اس دن ماریہ کی خوشی کی کوئی حد نہ رہی تھی۔ وہ کھلی جا رہی تھی اس کا رواں رواں اور انگ انگ مسکرا رہا تھا ہنس رہا تھا، اس نے اپنی دانست میں عشق و محبت کی بازی سر کر لی تھی۔

اب اسحاق بظاہر خوش نظر آتا تھا مگر اس کی اندرونی کیفیت بڑی پریشان کن تھی۔

اس نے انجیر کے باغ کا کام چھوڑ دیا تھا۔ ماریہ اور اسحاق نے یہ فیصلہ کیا تھا کہ چند دن وہ ساتھ ساتھ گزاریں گے۔ ماریہ اسحاق کو مالقہ کی بندرگاہ میں لے گئی جہاں جہازوں کی کثرت تھی اور سیپ اور موتیوں کی بنی ہوئی چیزیں لکڑی کے تختوں پر سجی ہوئی تھیں۔ یہیں علاقہ کے خوبصورت سنہری برتن بھی رکھے ہوئے تھے۔ مٹی کے ان برتنوں کی بڑی مانگ تھی اور غیر ملکی سیاح اور مسافر انہیں خرید کر دور دور لے جاتے تھے۔ ماریہ اسحاق کو ان دکانوں پر لے گئی۔ اس نے یہاں سے موتیوں کا ایک قیمتی ہار خریدا یہ چار لڑیوں والا ہار بہت اچھا لگتا تھا۔ ماریہ نے کہا "یہ ہار اپنی ماں کو میری طرف سے پیش کر دینا۔"

اسحاق نے طوعاً و کرہاً ہار لے تو لیا مگر کچھ اور خریدنے سے منع کر دیا۔ لیکن ماریہ نہیں مانی اور اس نے چند برتن بھی خرید لیے ایک خوبصورت پیالہ اور چند پلیٹیں، پیالے اور پلیٹوں پر عربی میں کچھ لکھا ہوا تھا۔ ماریہ نے کہا "اس پیالے پر کیا لکھا ہے ذرا پڑھنا تو سہی۔"

اسحاق نے پڑھا۔ اس پر کندہ تھا "پیالے کے مالک کے لیے برکت و راحت ہو۔"

ماریہ مسکرائی، بولی "خدا برکت و راحت دے۔" پھر پلیٹوں کی بابت پوچھا "ان پر کیا لکھا ہے؟"

اسحاق نے پڑھا۔ ان پر الگ الگ عبارتیں کندہ تھیں، ایک پر کندہ تھا "خدا اس کے مالک کے رزق میں وسعت عطا کرے۔"

دوسری پر کندہ تھا "خدا تیرے دستر خوان کو وسیع کرے۔"

تیسری پر کندہ تھا "بسم اللہ، کھائیں اور خوش و خرم رہیں۔"

ماریہ کو یہ عبارتیں بہت پسند آئیں، پھر وہ اسحاق کے ساتھ ان چھوٹی چھوٹی اونچی نیچی پہاڑیوں پر چڑھتی اترتی رہی جو سطح سمندر پر یوں ابھری تھیں گویا قدرت نے انہیں آنے جانے والوں کی سہولت کے لیے پیدا کر دیا تھا۔ سمندری موجوں کی متواتر کوششوں نے چٹانوں کی بنیادیں کھوکھلی کر دی تھیں اور اب یہ کھوکھلے حصے بڑے بڑے اژدہوں اور مگرمچھ کے منہ کی طرح کھلے ہوئے تھے۔ ماریہ نے سمندر کی سرکش موجوں کی طرف اشارہ کرتے ہوئے کہا۔ اسحاق! کچھ یہی حال میرے دل کا ہے اس میں تیری محبت اسی طرح موجزن ہے۔"

اسحاق نے جواب دیا "میرا بھی یہی حال ہے ماریہ۔ اگر میرے دل کی ہیجانی کیفیت زیادہ دن برقرار رہی تو شاید اس میں بھی جوف سے پڑ جائیں گے"

ماریہ بڑے انہماک سے سمندر کی سرکش امواج کا نظارہ کرتی رہی۔

پھر یہ پہاڑی سے نیچے اترے اور ساحلی ریت پر چلنے لگے ان کے پاؤں ریت میں دھنسے جا رہے تھے۔ وہ دونوں ایک جگہ بیٹھ گئے اور اسحاق نے ریت پر انگلیوں سے لکھا "ماریہ۔ میری زندگی، میری کائنات۔ میں تجھ سے محبت کرتا ہوں۔"

ماریہ نے لکھا: "اسحاق۔ میری آن اور میرا سب کچھ تجھ پر قربان۔ میں تجھ سے محبت کرتی ہوں۔"

دونوں نے ایک دوسرے کی تحریریں پڑھیں اور ایک دوسرے کی شکل دیکھ دیکھ کر ہنسنے لگے دوسرے تماشائیوں اور سیاحوں نے ان دونوں کو اس طرح ہنستے دیکھا تو وہ بھی ہنسنے لگے۔ وہ انھیں کچھ پاگل محسوس کر رہے تھے۔

وہ یہاں سے بھی کچھ آگے بڑھ گئے اور ماریہ نے کہا۔ "آؤ ہم دونوں یہاں کچھ دیر بیٹھ کر اپنی زندگی کی یادگار باتیں کریں۔"

اسحاق بیٹھ گیا۔ ماریہ نے کہا: "ہاں تو اب یہ بتا کہ تو کب تک واپس آجائے گا؟"

اسحاق نے جواب دیا: "زیادہ سے زیادہ ایک ماہ میں، کیونکہ میں وہاں رکوں گا نہیں۔"

ماریہ نے پھیکی سی مسکراہٹ سے کہا: "اگر تو کسی وجہ سے نہ آسکا تو؟"

اسحاق نے جواب دیا: "میں ضرور آؤں گا۔"

ماریہ نے: "اگر تو نہ آیا تو یہاں میرا بڑا مذاق اڑے گا اور میری زندگی دوبھر ہو جائے گی۔"

اسحاق نے کہا: "ماریہ! میں ضرور آؤں گا۔"

لیکن ماریہ کو جیسے یقین نہیں آرہا تھا، اس نے کہا: "اگر مجھے خاندان کی بدنامی کا احساس نہ ہوتا تو میں تیرے ساتھ چلتی اور ماں کو لے کر واپس آجاتی لیکن افسوس کہ ایسا نہیں ہوسکتا۔"

اسحاق کے پاس ایک ہی جواب تھا: "ماریہ! میں ضرور واپس آؤں گا۔"

کچھ دیر بعد جب یہ دونوں اس جگہ دوبارہ گئے جہاں زمین پر انھوں نے اظہار عشق کیا تھا تو وہاں ہواؤں کے تیز جھونکوں نے اسحاق کی عبارت پر تو ریت کی تہہ جما دی تھی مگر ماریہ کی عبارت کا کچھ حصہ ابھی محفوظ تھا: "میری جان۔۔۔ تجھ پر قربان، میں تجھ سے محبت کرتی ہوں۔"

ماریہ نے یہ سب دیکھا تو اس کا چہرہ زرد پڑ گیا۔ اسحاق کھسیایا ہوا تھا، بولا: "ماریہ افسوس کہ میرا ہواؤں پر کوئی اختیار نہیں۔"

ماریہ خاموش رہی لیکن اس کا دل اندر سے بیٹھا جا رہا تھا۔

جب یہ دونوں ساحل سمندر سے اپنے گھر واپس گئے، تو وہاں تہلکا سا مچا ہوا تھا۔ سردار دی جان کارلو اپنے گھوڑے پر سوار ہونے ہی والا تھا۔ نوجوان ولیئر روبیوا اپنے گھوڑے پر سوار ہو چکا تھا۔ خاندان کے بچے بوڑھے اور عورتیں ان دونوں کو حیرت اور خوشی سے دیکھ رہی تھیں۔ ماریہ کی ماں نے آگے بڑھ کر ماریہ کے رخساروں پر تھپڑوں کی بوچھار کر دی۔ "یہ تو کہاں چلی گئی تھی؟ ہمیں خواہ مخواہ پریشان کر دیا تم دونوں نے۔ اگر تو کچھ دیر اور نہ آتی تو تیرا باپ اور قبیلے کے دوسرے نوجوان تیری تلاش میں جا چکے ہوتے۔"

سردار دی جان کارلو نے اپنے گھوڑے کو پاس کھڑے ہوئے ایک معمر شخص کے سپرد کیا اور اسحاق سے کہا "ذرا میرے ساتھ تو آ۔"

اسحاق اس کے ساتھ خیمے میں چلا گیا۔ ولیز رو بیو بڑی پھرتی سے گھوڑے سے اترا اور اس کو ایک درخت سے باندھ کر سردار کے خیمے میں چلا گیا۔ اس وقت سردار اسحاق سے کہہ رہا تھا "تو نے کتنی غیر ذمہ دارانہ حرکت کی ہے یہ؟"

اسحاق نے جواب دیا "لیکن میں اس غلط فہمی میں تھا کہ ماریہ نے گھر میں بتا دیا ہوگا۔"

سردار نے کہا "دیکھ نوجوان! اب تیری قامت پر لطف نہیں رہی بہتر یہی ہے کہ تو یہاں سے چلا جا اور اپنی ماں کو جلد از جلد لے کر واپس آ۔"

اسحاق نے جواب دیا "بہتر ہے اب میں قرطبہ چلا جاؤں گا کیونکہ مجھے بھی یہ بات پسند نہیں کہ یہاں مجھے شک و شبہ کی نظر سے دیکھا جائے۔"

سردار نے کہا "اگر آج کہیں تو نے وہ غلطی کی ہوتی جس کا ہمیں شبہ تھا تو یقین کر، ہم تم دونوں کو جہاں کہیں پاتے قتل کر دیتے۔"

اسحاق نے سردار کو افسوسناک نظروں سے دیکھتے ہوئے کہا "لیکن ہم دونوں اس طرح جاتے کیوں۔ کیا شرفا ایسا کرتے ہیں۔ کیا میں شریف نہیں ہوں؟ کیا آپ کی بیٹی شریف نہیں ہے؟"

ولیز رو بیو نے ایک بار پھر ان کی باتوں میں مداخلت کی۔ بولا "سردار دی جان کارلو میرا خیال ہے یہ نوجوان جھوٹا ہے، اور یہ اپنی ماں کو یہاں نہیں لا سکے گا۔"

اسحاق کو غصہ آگیا، بولا "میں جھوٹا نہیں میرے رقیب! اگر تو میرے ساتھ چلنا پسند کرے تو میں تجھ کو اپنے ساتھ قرطبہ لے جا سکتا ہوں تو جب وہاں میری ماں زابلا سے ملے گا تو تجھے میری باتوں پر لازماً اعتبار کرنا پڑے گا۔"

اس وقت ماریہ کی ماں بھی بڑبڑاتی ہوئی داخل ہوئی وہ اپنے شوہر سردار دی جان کارلو پر برس پڑی "جب تجھے انسان کی پہچان نہیں ہے تو اس اجنبی کو سہارا کیوں دیا تھا۔ میں تو کہتی ہوں تو اپنے وعدے واپس لے لے اور اس کو یہاں سے رخصت کر دے۔"

لیکن سردار نے کہا "میں مرد ہوں اور اپنے قبیلے کا سردار بھی۔ میں اپنے عہد اور وعدے سے کس طرح پھر سکتا ہوں" پھر اسحاق سے کہا "اب تو یہاں سے چلا جا اور قرطبہ جانے کی تیاری کر۔"

اسحاق اپنے خیمے میں واپس چلا گیا۔ اسے کچھ پتہ نہیں تھا کہ ماریہ پر کیا بیتی۔ وہ بقیہ دن اور پوری رات ماریہ کا منتظر رہا مگر وہ نہیں آئی۔

دوسرے دن بھی وہ نہیں آئی لیکن رات کو ایک بوڑھا شخص اس سے ملنے آیا۔ اس شخص

سے وہ انجیر کے باغ میں مل چکا تھا۔ اس نے اسحاق کو ایک خط دیا یہ خط ماریہ نے لکھا تھا، ٹوٹی پھوٹی عربی میں اس میں لکھا تھا۔

" اسحاق! میرے باپ کو یہ شبہہ ہے کہ تو قرطبہ سے واپس نہیں آئے گا اس نے یہ فیصلہ کیا ہے کہ صبح جب تو باہر نکلے گا تو چند نوجوان تجھ پر حملہ آور ہو جائیں گے۔ میرا باپ تجھے قتل کر دینا چاہتا ہے اس لیے تو آج رات ہی یہاں سے نکل جا۔ یہ بوڑھا تیری مدد کرے گا۔ انجیروں کے باغ کے اس پار تجھے ایک گھوڑا مل جائے گا تو اس پر بیٹھ کر فرار ہو جا۔ افسوس کہ میں تجھے الوداع نہیں کہہ سکتی ورنہ میرا ارادہ تو یہی تھا کہ دو چار میل میں تیرا ساتھ دیتی لیکن اب یہ ممکن نہیں رہا۔ مجھ پر پہرے بٹھا دیے گئے ہیں۔ یہ یہودی بوڑھا جو میرا خط لے کر آ رہا ہے بہت شریف اور معقول انسان ہے۔ گھوڑے کا انتظام بھی یہی کرے گا۔ مجھ پر کیا بیتی اور کیا بیت رہی ہے جب تو قرطبہ سے اپنی ماں کو ساتھ لے کر آئے گا تو بتاؤں گی۔"

اسحاق نے اپنا سامان ایک جا کیا اور بوڑھے کا انتظار کرنے لگا۔ وہ رات کے پچھلے پہر دوبارہ آیا۔ اسحاق نے کچھ سامان اس کو دیا اور کچھ خود لیا اور سایہ دار درختوں کے نیچے نیچے چل کر انجیر کے باغ کے دوسری طرف پہنچ گیا۔ یہاں ایک درخت سے بندھا ہوا گھوڑا کھڑا تھا۔ اسحاق نے اپنی پوٹلیاں گھوڑے پر رکھیں۔ بوڑھے یہودی کا شکریہ ادا کیا اور گھوڑے کو ایڑ لگا کر قرطبہ کی طرف روانہ ہو گیا۔

وہ گھوڑے کو شمال میں بھگاتا رہا اور پیچھے مڑ مڑ کر دیکھتا رہا کہ کہیں اس کا تعاقب تو نہیں کیا جا رہا لیکن وہ بڑی آسانی سے کورہ قرطبہ میں داخل ہو گیا۔ اس وقت صبح ہو رہی تھی۔ قرطبہ کا سرحدی شہر الیشانہ سامنے تھا۔ اس نے یہاں کی سرائے میں قیام کیا۔ یہ یہودیوں کا شہر تھا۔ ہر طرف یہودی آباد تھے۔ وہ ایک دن اور ایک رات سرائے میں رہا اور صبح ہوتے ہی آگے روانہ ہو گیا اور پھر بیانہ میں قیام کیا۔ بیانہ کی سرائے میں وہ لوگ بھی نظر آئے جنھیں وہ قرطبہ میں بھی دیکھ چکا تھا یہاں سے قرطبہ زیادہ دور نہیں تھا۔ وہ یہاں منصوبے بنانے لگا کہ جب وہ ماں سے ملے گا تو کیا بات کرے گا، اس کو یہ یقین تھا کہ ماں اس کی بات ضرور مان لے گی کیونکہ وہ سعدونہ کے ہاتھوں خاصی ذلتیں اٹھا چکی تھی پھر اسے قاضی سعید کا خیال آیا، اسے قاضی سعید سے کوئی شکایت نہیں تھی اور وہ جانتا تھا کہ اگر قاضی سعید نے اسے اپنی حویلی میں لے جانا چاہا تو وہ شاید انکار نہ کر سکے۔

بیانہ کی سرائے میں بڑی بھیڑ بھاڑ تھی۔ لوگوں کی آمد و رفت میں بڑی تیزی تھی۔ سرائے کے باہر میدان میں کئی سو فوجی پڑاؤ ڈالے ہوئے تھے۔ یہ ان فوجیوں کو دیکھنے گیا۔ یہ خوبصورت اور جوان سپاہ

لوگوں کی دلچسپی کا مرکز بنی ہوئی تھی۔ اسحاق کو ان میں بھی چند چہرے شناسا نظر آئے۔ ابھی وہ انہیں اچھی طرح دیکھ بھی نہیں سکا تھا کہ کسی نے پیچھے سے اس کے شانے پر ہاتھ رکھ دیا۔ اور ایک آواز سنائی دی "اسحاق! میں تیری تلاش میں نکلا ہوں۔"

اسحاق نے پیچھے مڑ کر جو دیکھا تو اس کے ہوش ہی جاتے رہے۔ یہ قاضی سعید کا خاص آدمی تھا اور قاضی جبر اور زور کے سارے کام اس شخص سے لیتا تھا۔ اس کا نام احمر تھا۔ احمر نے پھر اپنی بات دہرائی "میں تیری تلاش میں نکلا ہوں اسحاق!"

اسحاق چڑ سا بن گیا، پوچھا "تم مجھے کہاں تلاش کرتے؟"

احمر نے جواب دیا "میں ان فوجی جوانوں کے ساتھ مالقہ جا رہا تھا کیونکہ قاضی کو کسی نے یہ خبر دی تھی کہ ان دنوں تو مالقہ کے کسی یہودی کی ملازمت کر رہا ہے اس یہودی کا غالباً انجیر کا باغ ہے اور تو اسی باغ میں کوئی کام کر رہا ہے۔"

اسحاق نے پوچھا "اگر میں مالقہ میں نہ ملتا تو؟"

احمر نے جواب دیا "بہرحال میں تجھے تلاش کر لیتا۔"

احمر نے اسے اپنی حراست میں لے لیا اور اسی دن قرطبہ روانہ ہو گیا۔ وہ باب تبزیرہ النخفر سے قرطبہ میں داخل ہو گیا۔

راستے میں اسحاق نے احمر سے پوچھا "کیا میں قیدی ہوں؟"

احمر نے جواب دیا "نہیں مگر یہ احساس کیونکر ہوا؟"

اسحاق نے کہا "تم لوگ جس طرح مجھ کو لیے جا رہے ہو اس سے تو یہی شبہہ ہوتا ہے۔"

احمر نے کہا "اسحاق! بات یہ ہے کہ قاضی سعید تیری مفقود الخبری سے بہت پریشان تھے۔ دوسری طرف وزیر ابن ابی عامر کو جب یہ بات معلوم ہوئی تو انھوں نے تیری تلاش اور بازیابی کا حکم دے دیا۔"

اسحاق پہلے اپنی ماں کے پاس جانا چاہتا تھا مگر احمر نے اسے قاضی سعید کی عدالت میں پہنچا دیا۔ اس وقت قاضی سعید ربیع جبری کے ایک مقدمے کی کارروائی میں مشغول تھے، اپنے سامنے اسحاق کو اچانک اور غیر متوقع جو دیکھا تو اٹھ کر کھڑے ہو گئے اور میرا بچہ میرا بچہ کہتے ہوئے اسحاق کے سینے سے لگ گئے۔ قاضی سعید کی حیرت انگیز روش نے ہر کسی کو اپنی طرف متوجہ کر لیا تھا۔

قاضی سعید نے پوچھا "تو کہاں غائب ہو گیا تھا؟"

اسحاق نے کہا "پہلے مجھے گھر لے چلیے پھر باتیں بھی ہو جائیں گی۔"

قاضی سعید اسی وقت اسحاق کو اپنے ساتھ حویلی میں لے گیا۔ قاضی نے دور ہی سے اپنی بیوی

سعدونہ کو آواز دی اور کہا "دیکھ سعدونہ! کون آگیا؟"

سعدونہ اسحاق کو اپنے سامنے دیکھ کر بہت خوش ہوئی اور اسے دعائیں دینے لگی۔

اسحاق کو نصر کی تلاش تھی وہ کہیں نظر نہیں آتا تھا، اس نے قاضی سعید سے پوچھا، "اور نصر کہاں چلا گیا؟"

نصر کے نام پر سعدونہ اور قاضی بے حد لواس ہو گئے۔ قاضی نے کہا "تیرے سامنے وہ بیمار تھا اور کچھ صحت یاب ہو گیا تھا، مگر اسحاق! وہ اس کا سنبھالا تھا تیرے جانے کے دوسرے ہی دن وہ چل بسا۔"

سعدونہ ہچکیاں لے کر زور زور سے رونے لگی۔ اسحاق کو اس خبر نے بہت دکھ پہنچایا۔

قاضی نے کہا "اور دیکھ اسحاق اب تو کہیں نہیں جائے گا۔ یہیں ہمارے پاس اسی حویلی میں رہے گا۔"

اسحاق نے پوچھا "نصر کی موت پر میری ماں حویلی میں آئی تھی؟"

قاضی سعید نے ایک سرد آہ بھری اور جواب دیا "ہاں وہ بھی آئی تھی لیکن کسی کی آمد اسے کیونکر روک سکتی تھی، وہ اللہ کو پیارا ہو گیا۔"

کئی گھنٹے بعد بھی اسحاق کو حویلی سے باہر نہیں جانے دیا گیا۔ آخر اس نے قاضی سے کہا "بابو! بھائی میں ماں کے پاس جانا چاہتا ہوں۔"

قاضی نے ٹھہر ٹھہر کر، رک رک کہنا شروع کیا "وہاں تو ایک نہ ایک دن ہر کسی کو جانا ہے۔ کوئی جلدی جائے گا کوئی بہ دیر۔ جب تو اپنی ماں کو ناراض کر کے چلا گیا تو وہ بیمار پڑ گئی۔ اس نے کھانا پینا ترک کر دیا تھا اور تیری یاد میں آنسو بہاتی رہتی تھی۔ وہ مجھ سے بے حد ناراض تھی۔ میں نے کوشش کی کہ اسے کھانا کھلاؤں لیکن اس نے میری بات نہیں مانی۔ آخری چند دنوں کے لیے میں اسی کے پاس چلا گیا تھا۔ اس پر بے ہوشی کے دورے پڑنے لگے تھے اور اسے جب بھی ہوش آتا یہی پوچھتی "کیا اسحاق آگیا؟" میں کیا جواب دیتا، آخر اسی کیفیت میں وہ اس دنیا سے کوچ کر گئی۔"

قاضی کا دل بھر آیا۔ اسحاق تو زور زور سے رونے لگا۔ قاضی سعید نے اسے سمجھایا "اسحاق! مرد اس طرح نہیں روتے۔ صبر کر۔"

اسحاق نے کہا "میں تو اس لیے رو رہا ہوں کہ میں نے اپنی ماں کو قتل کر دیا۔"

قاضی نے اسحاق کو سمجھانے کی کوشش کی "بیٹے اسحاق! ان دنوں تم دونوں کی تذلیل اتنی زیادہ ہو گئی تھی کہ تو فرار ہونے میں حق بجانب تھا۔ ہم سب لکڑیوں کی تیلیاں ہیں اور کسی بازی گر کے اشارے اور مرضی پر ناچ رہے ہیں۔"

وہ اپنی ماں کے گھر گیا، وہ مقفل تھا۔ قاضی نے تالا کھولا۔ اسحاق کو اس مکان سے اپنی ماں کی بُو محسوس ہو رہی تھی۔ وہ پورے مکان میں چلتا پھرتا رہا اور وہاں کی ایک ایک بات یاد کر کے روتا رہا۔

قاضی سعید نے اس کے شانے پر ہاتھ رکھ دیا۔ اور کہا "بیٹے بس۔ جو کچھ ہونا تھا، ہو گیا۔ صبر کر کیونکہ اللہ صبر کرنے والوں کو عزیز رکھتا ہے۔"

اب اسحاق کی ماریہ سے متعلق پوری عمارت زمین بوس ہو چکی تھی۔ اس کا دل ڈوبنے لگا۔ وہ خوب جانتا تھا کہ اگر وہ اپنی ماں کے بغیر مالقہ واپس گیا تو سردار دی بیان کارلو اور رومیز روپو اسے بے دردی سے قتل کر دیں گے۔ اب وہ جس مشکل میں پھنس گیا تھا بظاہر اس کا کوئی حل نہیں نظر آتا تھا۔ اسے ماریہ کا معصوم چہرہ باربار تصور میں نظر آتا تھا۔ اس کو بعض اوقات یوں لگتا جیسے وہ سامنے کھڑی کہہ رہی ہے کہ اسحاق تو نہیں آئے گا

سوتے جاگتے، کھاتے پیتے ہر وقت ماریہ ہی یاد آتی رہتی کئی بار اس کے جی میں آئی، وہ اس معاملے میں قاضی سعید سے مشورہ کرے لیکن یہ سوچ کر کہ اس مشورے سے حاصل کیا ہوگا۔ اس نے قاضی سے کوئی ذکر نہیں کیا۔

ایک دن سہ پہر کو حویلی میں بہت سارے مہمان آگئے۔ یہ سعدونہ کی بہن تھی۔ سعدونہ کی بہن عاتکہ۔ اس کا شوہر اور چار بچے، ان میں سب سے بڑی ایک لڑکی تھی میمونہ۔ سارے بچے اسحاق سے بہت جلد مانوس ہو گئے۔ اور وہ ہر وقت اسے گھیرے رہتے۔

اسحاق کا خیال تھا کہ یہ لوگ چند دن رہ کر چلے جائیں گے، لیکن قاضی نے ان کی بابت یہ بتایا کہ شوہر تو چلا جائے گا مگر باقی لوگ چھ ماہ مہمان رہیں گے۔"

اسحاق دل بہلانے کے لیے قاضی کے ساتھ عدالت جانا چاہتا تھا مگر قاضی نے اسے حکم دیا کہ جب تک حویلی میں مہمان موجود ہیں، وہ حویلی میں رہے۔ اسحاق کو مجبوراً حویلی میں رکنا پڑا۔ یہاں میمونہ اس سے بہت زیادہ باتیں کرنے لگی۔ اس لڑکی میں چند باتیں ایسی تھیں جو کہیں اور کم ہی ملتی تھیں۔ کسی بات کا برا نہیں مانتی تھی۔ رجائی تھی۔ کبھی مایوس نہیں ہوتی تھی۔ پڑھی لکھی تھی شاعرہ تھی اور ان تمام خوبیوں کے علاوہ وہ خوبصورت بھی تھی۔

اسحاق بڑی مصیبت میں پھنس گیا تھا اس نے اپنے کمرے کو اندر سے بند کر لیا اور ماریہ کے ساتھ گزارے ہوئے لمحات کو یاد کرنے لگا۔ اسے سوچ سوچ کر رونا آرہا تھا کہ دروازے پر کسی نے دستک دی۔ اس نے دروازہ کھولا تو دیکھا سامنے میمونہ کھڑی ہے۔ میمونہ نے اس کی آنکھوں میں جھانک کر دیکھا اور مرض پکڑ لیا، بولی "یہ کیا تم رو رہے تھے؟"

اسحاق گھبرا گیا اور انگلیوں سے آنسو پونچھ کر بولا "نہیں تو"

میمونہ اپنی بات پر اڑی رہی، بولی "نہیں، تم رو رہے تھے مگر کیوں؟ کس کے لیے؟ کس کو یاد کر کے؟"

اسحاق نے دیکھا کہ اس شریر لڑکی سے پیچھا چھڑانا بہت مشکل ہے تو جھوٹ بول دیا "مجھے اپنی ماں یاد آرہی تھی؟"

میمونہ زور زور سے ہنسنے لگی "ماں کیوں یاد آرہی تھی؟ کیا تم بچے ہو؟ ماں کو تو ننھے منے بچے یاد کرتے ہیں۔"

اسحاق نے جواب دیا "نہیں میمونہ! بڑوں کو بھی اپنی مرحوم ماں یاد آتی ہے۔"

میمونہ کہا "اگر یہ بات ہے تو میرے ساتھ چل۔ میں تیرا غم غلط کروں گی۔ میں تجھ کو خوب خوب گھماؤں پھراؤں گی اور جب تو مناظر قدرت میں ڈوب جائے گا تو میں دیکھوں گی کہ تجھے اپنی ماں کس طرح یاد آتی ہے۔"

میمونہ اسے مرغزاروں میں لے گئی۔ دریائے شنیل اور وادی کبیر کے ساحلوں پر گھومتی رہی۔ شاہ بلوط اور سنگتروں کے باغات کی سیر کی۔ انار کے جھنڈ میں دونوں ہنستے بولتے رہے۔ اس دوران ماریہ بھی اسحاق کو یاد آتی رہی؛ کچھ دن شدت سے، اس کے بعد یادیں پرچھائیاں بنتی چلی گئیں اور نوبت یہاں تک پہنچ گئی کہ یہ پرچھائیاں بھی دھندلا گئیں۔ میمونہ آندھی طوفان کی طرح اس کے دل و دماغ پر چھا گئی۔ اسحاق جو کچھ کر رہا تھا۔ اس کا ضمیر کچھ دن اس پر ملامت کرتا رہا مگر جب اسے ماریہ کے باپ دی جان کارلو اور اس کے عاشق ولیم رد بیو اور ماریہ کی ماں کا رویہ یاد آتا تو اس کا خون کھول جاتا۔

جب میمونہ نے اسحاق کو پوری طرح فتح کر لیا تو قاضی سعید اور سعدونہ نے مل کر دونوں کی شادی کرادی۔ ابھی شادی کو صرف دو ماہ گزرے تھے کہ وزیر ابن ابی عامر نے اسے اچانک مدینۃ الزہرا میں طلب کر لیا۔ ابن ابی عامر نے اندلس کے انتہائی شمال مغربی ضلع کرونہ کی تسخیر کا ارادہ کر لیا تھا۔ اس ضلع میں ایک جگہ تھی شنت یعقوب ابن ابی عامر اس کو فتح کرنا چاہتے تھے یہاں حضرت مسیح کے حواری یعقوب بن زبدی کی قبر تھی۔ اندلس والوں کا عقیدہ تھا کہ اندلس میں مسیحیت حواری یعقوب بن زبدی ہی سے پھیلی ہے۔

ابن ابی عامر نے اس خطرناک مہم میں اسحاق کو اپنے ساتھ لے لیا۔

یہ لوگ کرونہ میں داخل ہو گئے مگر عیسائیوں نے انھیں اچانک روک دیا۔ مسلمانوں کا خاصا جانی نقصان ہوا۔ یہاں اسحاق نے غیر معمولی جرأت و جسارت کا ثبوت دیا اور اس جنگ

میں وہ بہت زیادہ زخمی ہوگیا۔ ابن ابی عامر نے اس کا بڑی تن دہی اور توجہ سے علاج کرایا، اور صحت یاب ہونے میں کئی ماہ لگ گئے۔ ابن ابی عامر اس کی پامردی اور استقلال کا قائل ہو چکا تھا اور سب سے زیادہ جس بات نے ابی عامر کو متاثر کیا تھا وہ یہ تھا کہ اسحاق مسیحی والدین کا بیٹا ہونے کے باوجود اسلام کے لیے سرفروشانہ معرکہ آرا ہوا تھا۔ اس فوج میں اندلس کی مسیحی سپاہ بھی حلیف کی حیثیت سے ابن ابی عامر کے ساتھ تھی مگر جب یہ مسیحی سپاہ شنت یعقوب کے چرچ میں داخل ہونے کے بعد جیسا تھا ویسا ہی رہا حالانکہ یہ اسحاق کا دل ہی جانتا تھا کہ وہ حواری یعقوب کی زیارت گاہ کے لیے اپنے دل و دماغ میں کتنی عزت اور احترام رکھتا تھا۔

وہ اپنے ہمدرد اور مربی ابن ابی عامر کے ساتھ فاتحانہ شان سے قرطبہ میں داخل ہوا تو شہریوں نے ان مجاہدین کا استقبال کیا۔ قاضی سعید، سعدونہ اور میمونہ نے اسحاق کا نہایت گرم جوشی سے خیر مقدم کیا۔ اسحاق قرطبہ واپس آنے کے بعد چند ماہ صاحب فراموش رہا۔ ابن ابی عامر نے اسے الیشانہ کا قاضی مقرر کر دیا۔ وہ الیشانہ میں آٹھ سال رہا۔ پھر اسے مالقہ کا حاکم مقرر کر دیا۔ جب وہ مالقہ میں حاکم کی حیثیت سے داخل ہوا تو اس کی شادی کو دس سال گزر چکے تھے اور اب وہ دو لڑکیوں اور ایک لڑکا کا باپ تھا۔ ان دس بارہ سالوں میں مالقہ کی حالت ہی بدل چکی تھی۔ اب اس کی شان ہی کچھ اور تھی۔ مالقہ کے لوگ اسے نہیں پہچان سکتے تھے، کہ یہ وہی اسحاق ہے جو انجیر کے باغ میں محنت مزدوری کیا کرتا تھا۔

وہ میمونہ اور بچوں کو لے کر ساحل سمندر پر گیا اور ان پہاڑیوں پر چڑھتا اترتا رہا۔ جن پر وہ ماریہ کے ساتھ گھوم پھر چکا تھا۔ پھر وہ نیچے آگیا اور ساحلی ریت پر ٹہلنے لگا اور اس نے حافظہ اور یادداشت پر زور دے کر وہ جگہ پہچاننے کی کوشش کی جہاں دونوں ایک دوسرے کے عشق سے سرشار عبارتیں لکھا کرتے تھے پھر وہ ان دکانوں پر گیا جو لکڑی کے تختوں پر سجی ہوئی تھیں اور وہاں سے اس نے موتیوں کا ایک ہار خریدا۔ ہار کے بعد مٹی کے سنہری برتن بھی خریدے۔ دو پیالے چار پلیٹیں۔ ان برتنوں پر خریدنے والوں کے لیے برکت و سعادت کی دعائیں کندہ کی ہوئی تھیں آج اسے دس بارہ سال کا ماضی گزرے ہوئے کل کی طرح یاد آرہا تھا۔ اسحاق خاموش جن حرکتوں کا مرتکب ہو رہا تھا۔ اس نے میمونہ کو الجھن میں ڈال دیا تھا۔

اسحاق سمندری ساحل سے انجیر کے باغ کی طرف گیا جہاں وہ کام کر چکا تھا اور جس کا مالک ایک یہودی تھا، وہ میمونہ اور بچوں کے ساتھ انجیر کے باغ میں گھس گیا۔ باغ کا مالک اس کے آگے پیچھے پھرنے لگا۔ اس نے باغ کے باہر وہ جگہ بھی دیکھی جہاں ماریہ کا خاندان خیمہ زن تھا اور شاہ بلوط کا وہ درخت بھی پہچان لیا جہاں ماریہ اور اسحاق گھنٹوں بیٹھ کر باتیں کیا کرتے تھے۔

یہاں سے وہ جامع مسجد گیا اور سنگتروں کے دورویہ درختوں کے نیچے چل پھر کر ماضی کی یاد تازہ کرتا رہا۔ اس کے بعد وہ چرچ گیا۔ اب یہاں کا پادری کوئی دوسرا ہی شخص تھا۔ گھنی ابرو اور گنجے سر والا پادری۔ اس پادری نے علاقہ کے نئے حاکم کی شاندار پذیرائی کی۔ یہاں تک کہ جب اس نے عصر کی نماز کے لیے چرچ سے نکلنا چاہا تو پادری نے چرچ کی سیڑھیوں ہی پر جائے نماز بچھوا دی اور اسحاق نے چار رکعت فرض انہی سیڑھیوں پر ادا کر لیں۔

وہ اس ندی کے کنارے بھی گیا، جو موسم سرما اور موسم بہار میں بہتی تھی اور جب اونٹوں کی ایک قطار بھوسے سے لدی ہوئی ربض للنباتین بھوسے کی منڈی، نامی محلے کی طرف جاتی دکھائی دی تو کچھ زیادہ ہی بے چین ہو گیا۔

دوسرے دن وہ پھر انجیر کے باغ میں گیا اور میمونہ اور بچوں کو سبزہ زار پر بٹھا کر باغ کی دیکھ بھال کرنے والوں سے پوچھ گچھ کرنے لگا اس نے باغ کے نگراں سے پوچھا "یہ باغ کتنے سالوں سے تیری ملکیت میں چلا آ رہا ہے؟"

باغ کے نگراں نے جواب دیا "تقریباً چھ سال سے۔"

اسحاق نے پوچھا "اس سے پہلے اس کا کون مالک تھا؟"

اس نے ذرا سا ذہن پر زور دے کر جواب دیا "یوسف۔ یوسف نامی ایک یہودی۔"

اسحاق نے پوچھا "یوسف کہاں چلا گیا باغ بیچ کر؟"

باغ کے نگراں نے جواب دیا "سننے میں آیا ہے اشبیلیہ چلا گیا۔ اشبیلیہ میں بھی یوسف کے کئی باغ ہیں انجیر کے۔"

اسحاق کو اچانک وہ بوڑھا یاد آ گیا جس نے آخری رات ماریہ کی ہمدردی میں اسحاق کو فرار ہونے کے لیے ایک گھوڑا فراہم کیا تھا۔ اسحاق نے پوچھا "پہلے اس باغ میں ایک بوڑھا کام کیا کرتا تھا وہ بوڑھا بھی یہودی ہی تھا۔۔۔"

اسحاق کی بات ابھی پوری بھی نہیں ہوئی تھی کہ باغ کے نگراں نے جواب دیا "میرے ملازم سارے وہی ہیں پرانے، کیونکہ وہ تجربہ کار ہیں اور ان سے انجیر کے کاروبار اور فصل کی تیاری میں بڑی مدد ملتی ہے۔"

اسحاق نے بے چینی سے کہا "ان ملازمین میں ایک بوڑھا بھی تھا اگر وہ بوڑھا ابھی زندہ اور موجود ہے تو میں اس سے ملنا چاہتا ہوں۔"

باغ کے نگراں نے بے دلی سے کہا "بوڑھے تو کئی ہیں لیکن بہت زیادہ بوڑھا ایک ہی ہے، میں اسے بلوائے دیتا ہوں۔"

کچھ دیر بعد ایک ایسا بوڑھا اسحاق کے سامنے کھڑا کر دیا گیا جس کی بھویں تک سفید ہو چکی تھیں اور جس کے دونوں کان سفید بالوں سے جھانک رہے تھے۔ یہ بوڑھا ڈرا ہوا تھا کیونکہ اسے بتایا گیا تھا کہ مالقہ کا نیا حاکم معلوم نہیں کیوں اسے بلا رہا ہے۔

بوڑھا سر جھکا کے کھڑا ہو گیا، بولا "جناب! مجھ سے کوئی کام؟ میں مسلمانوں کا وفادار ہوں اور اپنے مذہبی معاملات میں ذرا بھی دلچسپی نہیں لیتا۔"

اسحاق نے اس بوڑھے کو حلیے اور آواز سے پہچان لیا، اس نے پوچھا "بڑے میاں! آپ دس بارہ سال پہلے بھی اسی باغ میں کام کرتے تھے؟"

شاید اسحاق کی آواز نے بوڑھے کو چونکا دیا تھا۔ اس نے بھوؤں اور پلکوں سے گرا نبار آنکھیں اسحاق کے چہرے پر گاڑ دیں اور کچھ دیر غور کرتا رہا پھر شاید پہچان لیا، بولا "جناب! آپ کہاں چلے گئے تھے؟"

اسحاق کے دل پر ایک چوٹ سی لگی، اس نے کپکپاتی آواز میں پوچھا "بابا! وہ لوگ کہاں چلے گئے اور وہ لڑکی، کیا نام تھا اس کا؟"

بوڑھا تڑپ گیا۔ شاید وہ مالقہ کے حاکم کا خیال کر گیا تھا، ورنہ اسحاق کے اس سوال پر معلوم نہیں کیا کر گزرتا۔ نہایت کرب سے جواب دیا "جناب! آپ نے تو حد کر دی۔ کمال کر دیا۔ اس نے آپ کا بہت انتظار کیا۔ کیا نام تھا اس کے عاشق کا دیلیز رو بیو۔ اس نے تو اس لڑکی کا جینا دوبھر کر دیا تھا۔ باپ دی جان کارلو اور ماں، دونوں نے اسے مجبور کیا، وہ ویلیز رو بیو سے شادی کر لے، مگر اس نے انکار کر دیا۔ وہ ہر روز مالقہ کی شمالی سرحدوں کی طرف چلی جاتی اور آنے والے قافلوں میں آپ کو تلاش کرتی رہتی۔۔۔"

اسحاق نے بڑی بے چینی سے پوچھا "پھر۔۔ پھر کیا ہوا میرے بزرگ دوست؟"

بوڑھے نے سرد آہ بھری، بولا "پھر کیا ہونا تھا، جب وہ آپ کی طرف سے مایوس ہو گئی اور خاندان والوں کے دباؤ سے عاجز آ گئی تو پہاڑی سے کود کر خودکشی کر لی۔"

بوڑھے کی آواز بھرا گئی تھی۔ اسحاق کی آنکھیں بھیگ گئیں کچھ دیر کے لیے سناٹا سا طاری ہو گیا، اچانک بوڑھا پھر بولنے لگا "آپ نے یہ نہیں پوچھا کہ اس کے بعد کیا ہوا؟"

اسحاق نے آہستہ سے پوچھا "تو اس کے بعد بھی کچھ ہوا؟"

بوڑھے نے جواب دیا "سب سے زیادہ عبرتناک تو یہی ہے جو میں اب بتاؤں گا آپ کو۔"

بوڑھے نے ذرا دم لیا پھر بولا "ماریہ کا خاندان یہاں کی گاتھ قوم سے تعلق رکھتا تھا۔ وہ لوگ خودکشی کو انتہائی مذموم اور گھناؤنا فعل سمجھتے ہیں اور خودکشی سے مرنے والوں کو بڑی عبرتناک

سزا دیتے ہیں۔"

اسحاق کو ایسا لگا گویا بوڑھے کا دماغ چل گیا ہے "خود کشی سے مرنے والوں کو بڑی عبرتناک سزا دیتے ہیں۔ کیا مطلب؟" اس نے عربی زبان میں پوچھا "مرنے والوں کو کس طرح سزا دی جا سکتی ہے؟"

بوڑھے نے کہا "آیئے میرے ساتھ۔"

وہ بوڑھا اسحاق کو اس شاہراہ پر لے گیا جو مالقہ سے رندہ جاتی تھی۔ رندہ مالقہ کا جنوب مغربی شہر تھا۔ یہاں سڑک کے بیچ میں ایک قبر بنی ہوئی تھی بوڑھے نے اس قبر کی طرف اشارہ کرتے ہوئے کہا "اس کو یہاں سڑک کے بیچوں بیچ دفن کر دیا تاکہ ہر آنے جانے والا یہ جان جائے کہ مرنے والا خودکشی کر کے مرا ہے۔ چنانچہ جب تک جان دی کارلو کا خاندان یہاں رہا۔ جب بھی ادھر سے گزرتا لعنت ملامت کے خیال سے قبر پر تھوک کر گزرتا۔ ان کی دیکھا دیکھی دوسروں نے بھی یہی کیا لیکن ادھر کئی سال سے سکون ہے۔"

اسحاق کے لیے اب بات ناقابل برداشت ہو چکی تھی۔ وہ قبر کے سرھانے بیٹھ کر آنسو بہانے لگا۔ اس نے اپنی پیشانی قبر سے لگا دی اس کو پتہ نہ تھا کہ وہ کیا کر رہا ہے۔ اس دوران اس کے بیوی بچے بھی اسحاق کو تلاش کرتے ہوئے وہاں تک پہنچ چکے تھے۔ میمونہ نے اپنے شوہر کو قبر پر سجدہ کرتے دیکھا تو پریشان ہو گئی۔ دور ہی سے بولی "ہائیں ہائیں یہ آپ کیا کر رہے ہیں؟"

اسحاق کا دم گھٹتا جا رہا تھا۔ اس نے بمشکل خود کو کھڑا کیا اور ڈبڈبائی آنکھوں سے میمونہ کو دیکھ کر جواب دیا "میمونہ! یہ کسی جاں نثار عاشق لڑکی کی قبر ہے۔ میں جذباتی انسان ہوں۔ اس بوڑھے سے اس کی داستان عشق اور اس کا عبرتناک انجام جان کر میں بے قابو ہو چکا ہوں۔"

میمونہ دم بخود کچھ دیر وہاں کھڑی رہی، پھر اسحاق کو وہاں سے زبردستی ہٹا لے گئی۔

اسحاق نے دوسرے ہی دن قبر کو دیواروں میں قید کر دیا تاکہ آنے والے لوگ اس کی مزید بے حرمتی نہ کر سکیں۔